靜農佚文集

臺靜農

陳子善、秦賢次——編

目次

小說

散文

序跋

劇本

論文

小說

途中

正午的太陽，火一般的熱烈；尤其是在深蔽的山坳裡，一點也沒有清風吹來的涼意。我們長途勞頓的人，雖是不堪炎帝的淫威，但是也只有忍耐而且殷切的希望著走過這險峻的大界嶺（湖北與河南連接處）。

山中的松樹同古槐，湊成很緊密的偉大的森林；枝葉織成葱蔚的綠蓋，陽光也不能得到微隙可以穿入，倘若裡面有虎豹，或者裡面伏有山盜，猛然的出現的時候，那末我們只有沒抵抗的將我們供獻了。幸而同行的弟弟，還沒有感到這種恐怖；他有時唱著聖詩，他有時學勞工們所唱的無字的歌調，他的口中總不見他停息了那種抑揚的音調；實在他要不是為了他的獨唱獨和的愉快，而使他忘了勞苦，那麼倒不知他是疲乏到如何的程度。

我們艱難地走過了界嶺，我們休息在野店的松枝的涼棚之下；野店的主婦，殷勤的送些山井的冷冽的水來，我們洗濯了我們的汗滴；又送些濃味的山茶，同外面有芝麻的甜餅，於是便閒逸的享受著；似乎從火山的口中脫險的我們，居然又幸福的來到水晶宮裡了。

弟弟畢竟是教會的學生，他從來是忘不掉他的聖歌，他仰臥在長櫈上，他的頭髮輕鬆的四散，他提起嗓音又高唱著：

我們住在主的帳幕裡。
我們住在主的聖山裡，
親愛的好兄弟，
永永不要仇敵！

弟弟在歌唱的時候，便不覺朦朧的入到夢鄉了。我很無聊的坐著，同野店的主婦談話：

「你們在這山底下住，沒有強盜麼？」

「強盜沒有的，前天到過了兵。」

「兵？是那裡來的？」

「兵爺們，阿們不敢問，別人說是張大帥的；又說省裡（指武昌）打了大仗，要比趕皇爺（指辛亥年起義）那年還厲害幾倍呢；你家是從省裡逃來的罷？」

「不是，我們是學堂放假回家的學生；省裡沒打仗，湖南倒正在亂著呢；你說的兵大概是湖南竄來的。」

「你家不知道，這幾年來老天不睜眼，我們受了兵爺的害，倒不知多少回……」她說到這裡忽然張皇的說：「你家看，你家看，前面又不是兵爺們來了！」

我抬頭往前望，果然對面山腳下有兩個穿灰衣的兵，遙遙的在那兒蠢動著；越走越近了，倒看得很分明。

前面一個是短小而粗胖的人，面孔堆著油黑的橫肉，兩隻鷹眼向外突出，濃厚的雙眉直豎著；但是他走路很難，他的右腿比左腿短，是個跛人，在後面狼狽的走著的那個，頭髮同囚犯一般的撕亂，顏色焦黃得幾乎不是人所有的那樣難看；兩面顴骨凸起，眼深入而無神，並且含蓄無限的恐怖，好似剛脫險的兔子，在無血色的嘴唇上面，長著不齊整而且稀少的鬍鬚；他的右手用布帶在頸上提著，走路也因之而不自由。

他們走到我們所坐的涼棚，頹然的坐下。

野店的主婦雖是驚惶，猶且故意的裝出靜定的神氣，謹慎的招待，奉上菸同茶同麻餅。於是我便同他們開始談話了：

「大哥們在那兒來？」

「先生，請不要這樣稱呼，咱們是岳州敗下的。」黃瘦的兵謙恭地說。
「啊！是從岳州來的！」
「你是那兒人？好像咱的老鄉？」短胖的兵問我。
「我是安徽雨邑人，你們呢？」
「對啦！對啦！咱們是雨邑西鄉人！」
「嗳！一見老鄉，眼淚汪汪！先生是學堂裡來的罷？」黃瘦的兵說。
「是的，我們是從學堂裡回來的，你們這回很辛苦，現在我們好同陣回去了！」
「現在還提什麼回鄉！」黃瘦的兵淒然的說。「八十歲的老娘，同女人，同小孩，咱這樣的回去，有那麼臉見他們呢？而且咱的這右手折斷了，也不能替人家打雜，這樣一個廢人，就是回去了，也只有擎著眼活看著全家餓死！」他再不能往下說了。
我真罪過，無端的引起他的鄉愁；於是那短胖的兵在左邊的桌旁，放下他的茶杯，來為我介紹他的不幸的伴侶的手是如何折斷的。
「長沙被人家奪去，已經三天了，咱們在岳州還不知道；也許咱們的長官知道，喿的混東西，他們不願告訴咱們弟兄！那天上午，我們是在營裡同弟兄們賭酒拳，忽然有人說南兵打進城來了，你說咱們那裡肯信，咱們提起槍到北門的時候，小子們已經從咱後門開起槍了，倒楣，真倒楣，不跑還有後話說嗎？可是城門擁擠得風都穿不透，擠得人小腿一軟，便倒在地上，人就從上面走過了；可憐這樣死的馬同人，反將地上墊了一層，咱同他拚命的走過的時候，老天真不巧，他的手中了一槍，我的腿同時也嘗了一個洋蓮子（即槍子）。」

他說到這裡停止了，他的鷹眼注意到桌上放著的麻餅，於是他拿起送到口裡，閉著眼在那兒細嚼，同時又似乎回憶到戰場中可怕的景象，至於那黃瘦的人，正蹙著雙眉可憐的神氣在那尋思，這時弟弟醒了，他看了我同兩個兵在一起，很是張皇，於是我笑著對他說：

「他們兩位是我們同鄉，是從岳州回來的。」

弟弟微笑著對他們點頭，但他並不知他們是不幸的朋友；在他睡醒的朦朧的眼中，忽然看見對面山田的秧雞飛去飛來，他便低聲唱著跑去了。

遠遠的送來清爽的風，還夾帶著許多野草的幽香，我悠然的似乎被吹到一種奇蹟的夢境裡，這裡是沒有煩惱，沒有憂傷，並且沒有慘殺的卑下的我們人與人之間另一的可怖的異象！

短粗的人，疲乏又無形消逝在興奮之中了，他對我說：

「咱們在軍營裡廝混的人，反正是拿著皮孩子亂拚，好歹是不計較的；這回咱們雖說吃了虧，但是從前咱們下了岳州的時候，狡猾的蠻小子，老的鳥男女，同鳥孩子，咱們用了刺刀毀了不少呢。」

他說了，便陰狠的矜驕的一笑，兩隻眼烱烱的發光，好像在天空游翔的飢鷹正在搜尋他的食物；的確這次是他失敗了，雖然他也得到過他的勝利——殷紅的血肉橫飛的場中，他曾經奪得錦標的！即此，我們這鐵血的英雄，自然可以驕傲了。

弟弟催我，說我們應該離開這山下的涼棚了，我遂對他們說：

「太陽偏西了，我們要向前趕路了，你們怎樣打算呢？」

「先生，你們上頭走罷，」黃瘦的人說。「我們連連餓了十幾天，又跑了這多路，真勞得不了；下半天打算不走，就在這裡歇住了，不過有句話拜託先生，就是……就是先生要是遇見咱西鄉葉村的人，請你叫他們帶句話到村北角一家破屋裡的人，就說……陳三在岳州……打……死……了！」

他悄然的說過，頭便低了下去，我很奇異他這樣的說，於是我趕緊的問他：

「為什麼這樣說呢？」

「先生，要曉得：咱們這造孽的回到家裡白白地餓死，倒不如痛快的在外鄉飄流著，討飯，或終歸餓死。」他的眼角流下了眼淚，用他的灰塵堆積的軍服袖子往臉上拭。「對家中說我死了。好絕了咱妻的念頭，她好早一天出門（即改嫁），也可以免得活活地餓死……」

至於我們這短胖的英雄，原先在矮椅上坐著拚命的抽煙筒，有時故意斜著眼對著野店的主婦中年少的玩弄地微笑；這時他聽了他不幸的同伴傷心的話，也深深的感動了，於是他也向我說：

「先生，咱也拜託你，請你打聽一下，要是咱西鄉的老爺們，允許咱回去，便煩先生給咱封信，告訴咱；咱何嘗不想回到爹娘的鄉里，不過老爺們都說咱是壞蟲，便將咱趕走了。」

「那我給你信，寄到什麼地方呢？」我說。

「啊，不錯，我那裡有一定的地方呢！」他悵然若失的說，忽而又接著狠狠的說：「好罷，好罷，我在他鄉鬧了這些年，現在還是一條光桿，這樣還打算什麼回鄉的企望？真是不得已的時候，要回去看看爹娘的墳墓，那我背著我的討飯的破籃，在深夜裡，偷偷的走一趟好了！」

我聽了他們的話，我的心好像刀刺的一般隱痛，我用什麼方法安慰我們這不幸的朋友？其實我有什麼力量能夠這樣做呢？弟弟在旁邊聽了，他的眼圈紅潤以至於流下清淚，可憐我的朋友們的偉大的悲哀，又深印在這小小的靈魂裡。

我們終於的離開了！

光陰好似黃昏中的蝙蝠，於模糊中，便輕凝的消逝了。而今啊，而今已經五年過去了！每每我總是想努力的避免在那途中一幕悲劇的回憶，但是終於不能夠，終於不止一次的驀然湧上我的心頭。

我那不幸的朋友，現在倒是飄流在何方呢？雖然統統都是在主的帳幕裡。

至於我那天真未鑿的弟弟，於此最短的時期中，他淨潔的小靈魂，便骯髒的渲染了腥紅的血。他愛主，而主所給他的，只是人類的憂傷！他曾經為了人們的幸運，在我們互相殘殺的兄弟中，疾呼著，奮勇的疾呼著：「我們都是主的兒子，我們都是親愛的弟兄。」但是人們偏認作他是顛狂，而且無情的將他送進瘋狂院裡，從此：他瘋狂的呼喊，誰能聽得？即或聽得，又誰能說他的心不是瘋狂呢？

死者

初秋的陰雨的晚間，約有十一下鐘光景，我從鎮北的同學家談天回去。那時雨是紛紛的下，我右手拿著雨傘，左手拿拽著大衫，緩慢的順著鎮頭的路燈前行。前面遠遠的發現了小的火團，定神看時，知是行人的燈籠；燈光狠速的越走越近，我因此知道這行人的步伐是急迫的。

燈光要到我的面前了，很清楚的看見：一個人戴著大的斗笠，穿著草鞋，褲子提到膝蓋上，手裡拿著小小的紅紙燈籠，大步在水地上前進。

我低著頭很奇異的猜想；這個人是有什麼急事呢？難道河西又來了土匪，他到警察所送信麼？可是出我意料之外，對面的行人，居然來招呼我：

「三兄弟在誰家來？」

「哦！哦！二哥在這黑更半夜往那去？」

「大伯病得很厲害，怕人得很，我請先生去！」

「很厲害？什麼病？」

「不知道，不知道，將才還暈過去了！」他一面慘然的說著，一面放開他大的腳步走了。

大前天傍晚還看見大伯擔著糞桶，在菜園裡澆白菜，他問我可吃秋黃瓜，可吃蘿蔔。結果擇了兩個大的青嫩的蘿蔔與我。在我從小時，大伯便愛我，那時是多病，凡買藥或到遠處請醫生，都是大伯的事，而且都是他自己願做的。

我的腳步也變成迅急了，一氣跑到家，便將這不好的消息報告了。母親同嬸母的談話打斷了，全室都歸於靜寂。

「今天他沒有賣菜之後聽說他是病了。」母親說。

「真可憐，一病就這樣的厲害！」嬸母接著。

「明天真要去瞧，老是連陰真討厭！」

「我同你這時先去看看？」嬸母對我說。

門外雨聲瀟瀟，可是比以前越發大了。他知道我們的殷憂與病者的痛苦麼？

嬸母將油鞋穿好，拿著雨傘；我將馬燈燃著，撐著傘，便開開後門走了。

天空是從來所未有過這樣的黑暗，更現出一種可怕的莊嚴。風是微微的吹著雨絲，打在傘上。伯父的家，同我家相距雖不到半里路，只是滿途泥濘，一步一步的非常艱難。走到菜園旁邊，嬸母將園邊青蔚的黃蒿折了一把，給我一半，預備見病人的時候，放在鼻上，是可以避免瘟疫傳染的。

兩天的連陰，河溝的水充滿了而且溢出，以致將到伯父家必經的小橋淹沒了。我們無法前進，便在此停住，我高著喉嚨叫喚，伯父家的小狗便靈敏的答應了我。

三哥聽見狗叫，以為醫生來了，出門便走到園外，才知道是我嬸母；這是出他的意外的，遂很快的走來。我就問伯父現在怎樣了。他說現在平靜得多，當不致有什麼危險，嬸母又詳細問了病中種種情形，我們便循原路回去了。

燈籠光映在路旁的景象，只見絲絲的柳條不靜止的在秋風秋雨的夜間搖曳，卻使我無端的感到一種難以名狀的淒涼。

「生命也許不至於這樣容易的消逝！」我走著默默的想，雨是依舊依舊的下著。

回到家時夜已闌珊了，瀟瀟的雨織成了我撩亂的縈思，我老是幻想著生命是再滑稽不過的東西，為了這種原因，以致第二天起時便中午了。

那時小溝的水，或者卻早遣人在低處決放了，因為伯父已經從他的床榻移到尸舖，他是到了生命最後的剎那了。

昨夜的雨今朝停止了，只暗沉天色，朵朵黑雲，好像往下掉似的，更使人對於這仰臥在尸舖的死者引起無限的哀思。

他的兩唇上下的震顫，兩面的腮骨也隨著移動；震顫在最烈的時候，上下的牙床盡行露出，他的一對眼珠，只是往上擎著，從沒見他順下；他的兩拳時時用力捶著尸舖。

鄰家都慌忙的為死者預備衣服，同斷氣時所用的轎馬；還有些人去籌備棺材。

全室都瀰漫了哭聲，只有我好像帶著趣味似的，去留意他的顫動，他的兩腮，他的牙床，他的白眼，他的恨恨的兩拳，他的……，我又看見大家都在傷心的哭，我也想陪著淌下幾滴眼淚，可是終於一滴也沒有淌下。

想他是秉著造物主的命在這裡排演末日的苦劇罷！可是這幕苦劇閉了之後，他便可得到那更甜蜜更美麗更安樂的處所了。

是啊，現在我們正該為他祝福，正該為他祝福！

「再不要哭了，親人都離開，讓他去罷！」鄰人王老說。

「你可以去了！你的衣服已經齊備，沒有什麼可以留戀了！」王老接著對死者說。

「你走罷！你走罷！不要這樣的受罪了！以後的事還有我！」伯母哭聲的說。

這時他的兩唇更顫動得厲害；他的牙床，他的眼珠，更是可怕；他的兩拳恨恨的捶得更起勁；這一哭在他越發不堪了。

我終於沒一點清淚送我這辛勤的伯父，我也不能向大家宣告應該為他祝福，偶爾想到生前愛疼，我的心負了沉重的歉疚。

十年來飄泊的心情，竟是這樣的冷枯！

哀悼麼？歡慰的祝福麼？我是陷入到針刺中了！我默默的候著裁判，我有什麼法子可以減輕我的罪！

生命的火焰，再不能發出微弱的光芒。他的兩唇，他的牙床，他的眼珠，他的恨恨的兩拳，一齊都靜止，生命竟是這樣容易的消逝了！

在哭聲，哭聲最烈的聲中，我的心輕鬆了！

滿含著秋容的天，又開始作他令人討厭的工作，雨是同昨夜一般淒淒的下了！

懊悔

密司柳自從開學搬到寄宿舍以來，雖然性情還急躁，可是比往年活潑得多了，同學們也都詫異。往年女同學要是和她說話，她高興的時候便談幾句，不然竟撇開不理；至於男同學，當然是誰也沒有這樣的勇氣，去碰她的冰釘子：同學們都說她冷與高傲，雖然並沒有誰敢直接的去勸她。

今年她大改變了，有時可以和同學們談些有趣的話，話到終結的時候，她還故意的吱吱的笑。先前是不打網球的，今年卻特別的愛打，每到黃昏時或星期的下午，便約了男女同學，直打到傍晚時才歇下。有一次中央公園開春季圖畫展覽會，她還約三個男同學，兩個女同學去參觀，並且在茶座喝了茶，茶資是她付的。

有些同學私地裡譏誚她，說她現在是懊悔了，什麼要找頭，什麼黑漆板……，不得不越大越俏，越老越活潑。

其實她是受了她姨母的影響，今年正月間，她姨母鄭重的勸她，說她年歲一年大似一年，老是這樣的固執，又不在交際場中作點功夫，總是將來吃苦的根苗；至於獨身主義，不過是沒有得到相當的機會之前，是這樣的說罷了；要知前途的光明，還得自家去留心與進行。以後應當學活潑些，至於服裝，那些黑色的灰色的衣料同平底的鞋子，都不要用，千萬不要向我們這樣的老太婆學。

她在她二十八年的芳齡過去的經驗中得到：她的高傲與固執，確是吃苦的根苗，因而虔誠的感激的承受了她阿姨的厚意。

自上海的不幸的事情發生，她非常憤激，為了學生會的人數過多，主張不能一致，精神或失之於散漫，遂號召些同學組織了一個國權同盟會。

在中央公園開成立會的時候，她穿了一件緋色的上衣，淡碧的下裙，高跟白皮黑光花邊的鞋子，以及大的西式草帽，帽簷上綴了一朵湯碗大的綢製的紅玫瑰。

「這麼的熱天，肯下駕，真愛國！」當每個會員來到，她總是用這樣的句子寒暄；她自信的天真與活潑的態度，大家也能領到她十二分的殷勤。

臨時的主席，自然是屬於她了；

「諸位會員：這麼的赤日炎炎，居然惠然肯來，本主席實深感謝（至此深深的一鞠躬。）此次滬案發生，以堂堂中華男同胞被人宰殺，足徵男權亦已喪失；男權既失，我女權又將焉附？真可痛……（淚行行下，臺下亦慘然。）今合男女同胞之權為國權。所謂同盟會者，是倣孫國父創民族革命時同盟會之意，往者民黨同盟會興而滿清亡，今則吾人之國權同盟會創，彼英日亦必不能存在！……國權同盟會，萬……歲……」

大家照例鼓掌，照例討論，照例發議論，不多時她以主席的資格宣告終結。她又照例說了幾句大家熱心愛國不怕暑熱的等等漂亮話。她帶了歡欣的顏色，勸大家用水，喝茶，抽菸；大家各自在園中玩了幾圈，這纔興辭走散。

臨行，她竭力的顯出少女的活潑與煥發的精神來，向大家說：

「以後有什麼商量，可直接找我，或打電話；哦哦，你們不知道我的地址，往那兒找呢？現在將我的有地址和電話號碼的名片，再各送大家一張──這是輕易不送人的。要是大家找我時，可先向門房申說，是為國事而來，那門房就可立刻傳達；至於打電話，也可這樣說……哦哦……吱吱……再──見。」

「見」字含而未吐的期間，她不深不淺的鞠了一躬。大家有的目送著她，直到坐在車上，湯碗大的玫瑰花在風中招展著消逝。

勝利的將來，一切紛亂的思想攪住了她：

什麼社會之花咧果咧？他們都瞎了眼偏偏來恭維這倩芳小妮子？她裝出那樣撒嬌的

模樣，狐狸似的媚笑，這能算一種天然的吸引嗎？

她確信她的緋色的衣，她的碧色的裙，以及她的帽子鞋子，再至於她的演說，她的態度，都有一種天然的吸引力。在交際場中，真是一朵迎風招展的花；在頃刻間，是能夠抓住大多數青年齊來拜倒的。於是又想起以前扮裝孤傲，既誤了許多許多可愛的青年；倘不是懊悔過來，自家的青春也就隨著消逝。——她的心一軟，幾乎使她流下淚來了，但是她的思想又立刻使她回到當日公園的情形。

靄生今天似乎同往日不一樣，往日的談話總離不了倩芳，今日卻一字也沒有提。可是他的風姿，他的溫存，真能使人迷惑，難怪倩芳不斷的在人前誇耀。至於倩芳這妮子，小小的臉，披散著頭髮，實在不標致；薄著嘴唇，比誰都輕浮；不知道靄生為什麼這樣迷戀？要說年方十八，但誰又不是從十八過來的呢？——

靄生最可惜的是被不健全的思想傳染了。即如對於戀愛，必得要什麼條件，而條件最奇怪的，便是什麼男子要比女子大，他在理想的愛人那篇著作中，就是這樣的主張。——

他問我能不能告訴他年歲多大，那時我說二十八，密司柳要比我大四歲，他聽了微笑著說，應該叫你「姊姊」。稱「姊姊」固然可以，只是當日的神情，好像帶著譏誚，轉想他這樣的人恐怕不會的。我為什麼不瞞幾歲呢？密司柳是校中有名的老女士，同老人比歲數又有什麼光榮呢？唉唉，談話時心中預先存著什麼，實在不好！

說到能夠體貼，靄生確是不及孟一和杞梓，傷心啊，這是十年以前的事了，想起來總免不了負心，孟一無端的自家摧殘，以至於死；杞梓不知飄流在何方？有的說是做了和尚；其餘好些人，回憶起來，更是害怕……

自己扮得妖精一樣，也配來罵人！說衣裳妖豔，說老了還俏，難道俏只是你這倩芳小妮子的事，我不明白，二十來歲，就算老，真太豈有此理，看你將來老是十八歲？……

更渾的就是什麼八字形，走路像鷺鷥，倒忘了自己的影子——乳房裹得緊緊的，腰紮得細細的，分明能挺然走路，偏裝得娉婷樣，教男子憐恤，簡直是男子的玩物，不顧自家的人格！……

罵了人還說不是她說的，是靄生告訴他，教別人來擔過，真再狡猾沒有了。靄生是多麼忠厚，這分明是這妮子作鬼。因而聯想到公園中的情形了，演說時，靄生如何的送茶與她；演說之後，如何的削蘋果給她；以及如何的扶她上假山，如何的將絹帕鋪在石上邀她坐下……

忿恨和汙辱，同來交攻，倩芳已成她永久的敵人了！

她想起清晨一起床韵和便來告訴她倩芳罵她的話，當時忘了洗臉，頭還是蓬鬆著。她隨手將鏡子拿到桌旁，她在鏡中望見她自己，使她吃驚不少，為什麼顏色這樣的發青！顯然是宿粉未消；絲絲的縐紋起於額際，十分的難看，她覺著了這確非少女可比——這確是老的表徵……

「看你滿面的鉛粉！」韵和臨行時這樣的說。那時為了滿胸臆的忿恨，沒有注意這一句話，原來也是譏誚，這當面的戲弄，這當面的輕蔑，唉唉，明白了，明白了，這樣賣好的告密，原是這般狠毒的作用啊！她愈覺得人的陰狠，愈使她傷心她的孤獨！

「有人來找，說為國事。」女僕呈上一張名片，這樣的說著。

「告訴他，出去了！」

陰狠與孤獨，使她見了前途的黑暗，往日少女的時期，種種的幻象覆現了，一幕一幕的演起，這復仇的譴責，使她不堪。

「西長安街吳宅有電話來，說為國事。」

女僕在門外高聲叫著。

被侵蝕者

七月天，在聯保辦公處的寄押室裡。

「你這傢伙膽子真大，敢告聯保主任，翻天了麼？」一個難友同吳福全說。

「俺怕什麼？一個光蛋，以前還有兩個兒子，現在都被他害了，俺還不拚了麼？他媽的！」

那難友沒有接下去，看了他一下，他那被皺紋包著的兩隻眼睛，直視著，像發了狂；兩孔朝天的鼻子，突出的顴骨，尖長的嘴巴，一對老鼠耳朵，滿頭蓬蓬的白髮，總之，他算是有一副天生的怪像。不僅如此，他的脾氣也挺怪的。他喜歡說話，可是難友們剛和他問答了幾句，他便氣憤的嚷起來，聲音像支破竹筒。不湊巧被主任的勤務兵聽去了，就闖進來打人，他被捉進來才三天，就挨了半打的嘴巴了。然而竟懲戒不了他，他依舊找人說話，弄得難友們有時歡迎他，有時又拒絕他。他還喜自己對自己說，囉嗦的夾雜著謾罵。今天因為鎮上有社戲，午飯後，勤務兵們都走開了，寄押室外好像空空的，雖然還有幾個打雜的，大門上還有背著槍守衛的。於是他的難友，又和他談起話來。

「俺怕什麼？俺五十歲了，一個足數，活夠了。他媽的，俺先前還有八石田呢，俺自家種，俺有一把好力氣，莫要小看俺像個鴉片煙鬼。不是王老六嗎？王老太爺，王八旦，都是他。他誣告俺通匪，他媽的，要不是俺走得正坐得正，俺這二斤半幾乎掉了！」他說著，拍拍他的頸子。「他媽的，這一場官司，俺的八石田賠進去了。實在說，那老王八旦打俺的主意，俺的田不該同他的田連界。」

「王六太爺不是聯保主任的老子嗎？」

「是呀，他媽的，說起來，俺們世仇。如今這聯保主任，什麼他媽的主任，俺就叫他小鱉蛋，他又出主意坑俺。俺清清楚楚的記著，立春那天，他拉了俺兒子的壯丁。那是俺大兒子，他拉去時，俺老倆口哭著捨不得，他說：『你們有啥難過的，國家要啥打仗，俺就去，薛仁貴也當過伙頭軍，老天有眼，俺會闖出來的，你們難過啥？』就這樣呀，眼看著被拉走了！」

「真是，你難過啥？」一個難友說，「家裡還有個王三娘呢。」

「不說了，俺要不打那場官司，早有孫子了，他媽的，俺還不要那姓王的小婊子呢。」

這時，外面有腳步聲，立刻大家都裝模作樣的沉靜下去。他也沉默著，他的大兒子在他的眼前打了一個轉，瘦長的個子，黝黑的面色，從小害眼，永遠沒有好，爛著眼圈子，血紅的襯出一雙無光的眼珠。他說：

「他媽的，要不是小鱉蛋，俺就是討飯，也不能讓你去當兵呀！」聲音很小，他是對他的大兒子說，有的難友偷偷的向他擺手，替他擔心，怕他又挨嘴巴。

「看你的老二呀！」還是對他的大兒子說，「他該是多好一個小夥子，你笑他是小駝子嗎？可憐他十三歲就在碼頭上拉橫車，後來又推車，鐵打的也會駝呀。他媽的，也被這小鱉蛋拉作壯丁了。你哥兒倆都去了，叫俺老倆口怎麼過活？剩下你的妹妹有什麼用，終歸是人家人，那壞了良心的小鱉蛋，從前還想要她作小老婆呢。俺人窮，骨頭硬，發他的昏，老子才不作這傷天害理的事！老子五十歲了，夠了，還留張臉見祖宗！」

「你真傻，」外面的腳步聲遠了，他的難友又出頭了。「聯保主任的丈人你不幹，你幹啥？你看，王主任多闊，喫不盡，穿不盡，又有勢力，你怎麼不幹呀？」

「你的閨女為什麼不給他？誰願作他的丈人誰作去，老子可不幹呀！他媽的，俺要是作了小鱉蛋的丈人，他還不會請老子到這兒來呢！」他的眼睛發光了，依舊直視著，沒有表情的臉上略略有點得意，表示了不曾受屈辱的驕傲。他搔了幾下那三四個月沒有剃過的頭髮，擤一擤他的鼻涕，隨手在身上一抹，噫了一口吐沫，接著說下去。

「你猜，怎麼一回事，俺告訴你，他媽的。今年三月余保長來說，『老吳，你的大兒子喫糧去了，二兒子才十八九歲，養活不了你們一家子，你自家呢，擔不得，挑不動，這怎麼了，得想個法子呀！』俺說，『有什麼法子呢，耕田沒有地，生意沒有本，俺是抱定了活一天是一天，窮人還不是這樣？』他又說，『這年頭，只要能弄得幾個錢到手，就是造化，你不要死心眼！』俺說，『保長，你叫俺當強盜嗎？』他又說，『老吳，你怎麼這樣糊塗，你的閨女十六七了，該找個人家了，弄點彩錢呀，你想對不對？王主任沒有兒子，正想娶個偏房，嫁給他該多好，你們老夫婦倆，活養死葬，不都是王主任的嗎？』他媽的，你看他說出這樣話來，俺又是氣，又是羞。俺說，『呃，余保長，俺那時得罪了你？你要俺賣閨女？俺把你當人待，那知是畜生，俺留著零賣，也不給那小王八羔子！』他聽了俺的話頭不對，起身就走，站在門口時還說，『老吳，你不要裝狗熊，糞缸裡的石頭，又臭又硬，有一天會想到俺的。』是呀，俺現在想到他了，俺的老二又被小鱉蛋拉去了，那天縣長下鄉，俺見了縣長就告了小鱉蛋一狀。俺拚上了，砍頭不過碗大的疤。」

「縣長見了你麼？你莫吹牛，縣長是隨便見的麼？」

「怎麼沒見，俺攔在路上，還給縣長磕了幾個響頭呢，俺說，『小鱉蛋先後拉走了俺的兩個兒子，俺靠誰生活呢，縣長給俺伸冤啊！』縣長挺和氣的，他說，『去，我調查實了，辦他！』俺想，這一告，要他媽的好看！」

「怎麼又把你捉了來呀！」

「不要問了，他媽的，這才冤枉呢，前幾天，俺的內姪從外縣來，在俺家裡住了兩夜，俺忘了報告甲長，俺的閨女害了病，俺女人在門頭上釘了一塊紅布條，好使夜裡的鬼不敢進來。好，這一來了不起了，說俺勾結漢奸，那紅布條是讓日本飛機下蛋的暗號，他媽的，這年頭，有什麼天理可講！幾個兵就把掩摑來了。俺到了這裡，余保長來同俺說，『老吳，你犯了國法了，你自家想想：官司能打不能打，要是不能打的話，得想個辦法呀，我余保長總是幫你忙的！』俺說，『俺的兩個兒子被姓王的害了，老子早不想活了，現在又說俺是漢奸，俺就算是漢奸，老子只有這一條命，他姓王的利害，總砍不了俺的兩個頭！』俺又把他頂走了，俺就是這樣的硬骨頭！」

他像背書似的說下去，可是聽的人越來越少，有幾個早在歪著頭打起鼾來，因為在這天長人困的時候，雖然他誇大的介紹自家是條好漢，可是對於別人總是沒有多大興趣，天又悶熱，籠子似的寄押室擠上二十來人，誰都是軟軟的，只有蒼蠅活潑的在這小領域的空間嗡嗡的飛。

終於說話的人也隨著大家倦了，他昏昏的沉重的頭，也想同大家一樣的睡一忽兒。

但是，竟不能夠，平常的時候，午飯後瞌睡總多，在這裡卻完全相反，白天這樣，夜間也是這樣。即如昨夜他就作了許多奇怪的夢，又胡亂的想了一陣，直到天亮，他的腦子沒有平靜過來。他夢見自己被捆在河灘上，穿了武裝的兵瞄準著對著他——像處置一個強盜。鎮上人都擁擠著看，有的說「老吳犯了國法了」，有的說「槍斃漢奸呢」，也有的說「老吳是好人，冤枉罷」，這些話他都聽著了，那兵卻不理會，只顧瞄準著他。忽然，槍聲一響，他驚醒了。心想，「怎麼？俺老吳真個翻不了身嗎？俺沒有作虧心事呀，老天的眼呢？」他長長的嘆了一口氣，又作夢去了。他夢著自己跪在地下，一個大漢提把明晃晃的大刀，照準的對他砍來，他的頭落下來了，在地上滾著。這時候，縣長笑嘻嘻的來了，對他說，「你的官司勝了，王主任我也辦了，你的兒子我找回來了，你回家去罷。」他一喜，醒了。「怎麼，盡作這樣的夢？」靜夜裡，他沮喪的對自己說。反正早遲必有一死，他媽的，整整活夠了五十歲了，這一世完了，下一世再說罷。可是，死也死到明處呀，怎麼叫作犯了他媽的什麼國法？又什麼叫做漢奸呢？死就死罷，可有一樁，兩個兒子都打仗去了，回來時，沒有老子了。現在身邊的只有一個閨女，算是親生骨肉，女孩子有什麼用，又沒有婆家。雖然是女孩子，他老倆口看待她真同兒子一樣。她自從七歲起，就沒喫過家裡的閒飯，她背隻小筐到處拾柴，細心的，一根小樹枝，一片草，她都拾進小筐裡。她沒有穿過一件沒有補釘的衣服，一次張太太給她一件洋布衫子，她高興得直跳，她捨不得穿，留著過年。今年十六歲了，白天幫助她娘給人家洗衣服，晚上給人家縫衣裳，她沒有躲過懶，半天不做事，她同她的兩個哥哥一樣的能賺錢，這三年來沒有忍過餓，虧了這三個孩子。她雖說沒有好喫的，穿的，她長得卻挺美，高個兒，一雙大眼，凸起的鼻梁，臉上永遠又紅又嫩，比塗了脂粉的小姐們還好看。一把好頭髮，又黑又長，街鄰的嬸子大娘，都誇獎她，不是說「姑娘長得多俊啊」，就是說「這孩子多會作活，真是吳大娘的幫手」。也有人給她提親事，他都沒有答應，他想起不給她找一個不受氣有飯喫的人家，怎能對得起這孩子？自己是窮人，本不敢高攀，但是總有人家看孩子面上來求親的。他想到這裡，忽然聽四面都是鼾聲，才發現自己被關在寄押室裡。又長長歎了一口氣，對自己說，「什麼都完了，犯了國法，那裡有出頭的日子？已經見了夢兆了！」眼淚不覺得熱刺刺的淌在耳邊。他的眼前一片漆黑。

一件使他和他的難友驚異的事發生了，當難友們在睡午覺，他在回味昨夜的夢，這時候，忽然來了個勤務兵開了寄押室的門，似笑非笑的望著他：

「主任吩咐，吳大爺可以回去了！」

「吳大爺可以回去了！」這是青天的一個霹靂。那些正睡午覺的傢伙，都睜著大眼張著嘴盯著他，不是羨慕他得了自由，也不是替他歡喜，完全是驚異占據了他們的心！

他自己呢，臉色蒼白，眼裡浮著淚光，身子像發冷，微微顫慄，一點也不相信是叫他。況且人家都叫他「老吳」，他從來沒有聽過人家稱呼「吳大爺」的，他鎮壓著自己的心，不要空喜歡，索性低下頭彎著身子裝打盹。

「吳大爺，吳大爺，放你回去了，你為啥裝傻？」他的神經被震動的錯亂了，一鼓氣跳起來，搶步走出寄押室的門，臉色更加蒼白，他想不是放他回去，一定把他送到河灘上，槍斃他。或者殺頭，俺是犯了國法的呀，昨夜不是已經見了夢兆麼？那勤務兵並沒有來捆他，還拍拍他的肩膀，說：

「吳大爺運氣來了，回去享福罷！」

他迷惑的走著，心思茫亂的像一團麻，犯了國法的呀，怎麼忽然又沒有事了呢？要不是聯保辦公處是火神廟的舊址，一向走熟了的，他絕摸不出大門，他走出大門時，一個守門兵嘲笑的對他說：

「吳大爺，恭喜你呀！」

他一出神，心下一動，清醒了過來，這莫不是夢罷？他站著門口，對那守門兵似招呼非招呼的一笑，他睜開眼睛，看看廟門口掛的到底是什麼牌子，上面赫然寫了一行大字：

「××縣第二區聯保辦公處」

果然，是聯保辦公處，現在總算從它的嘴裡跳出來了。這是怎麼一回事，主任小鱉蛋是俺世仇，余保長又被俺罵過，俺既然落在他們手裡，為啥又放了俺？越想越迷惑，頓時心竅大開，俺的官司一定打贏了，縣長判了小鱉蛋，你看，俺「老吳」作了「吳大爺」，就是證據，那些辦公處的狗頭們，都是勢利眼，你要晦氣的時候，你喊他「親爹」，他也不會睬你，俺老吳憑什麼賺他個「吳大爺」？勝利充滿了他的血液！他昂然的走在街上，熟人向他招呼，「老吳，你出來了！」他只點點頭，心裡有點什麼，「俺在辦公處都是吳大爺，你是什麼東西，叫俺老吳？」也有看他來了，輕侮的伸出大拇指來，他卻不在意，只想，你們多沒種，盡受小鱉蛋的欺，老子就碰他一碰，他賴俺是他的什麼漢奸，也沒有制住俺，老子有縣長作主。

轉了幾條街，走到處又窄又髒的小巷子，他的心跳了，看見了他的小門，門頭上依舊釘著迎風搖搖的紅布條，他狠狠的呸罵道：

「他媽的，為了你叫俺喫官司，不是俺走得正坐得正，休想回到這裡來了！」

他走進門，見他的女人在收拾給人家洗的衣服，黯然的低著頭，沒有親熱的來迎接他，桌子上放了十來斤豬肉，兩條大魚，神案上掃得乾乾淨淨的，香爐裡還有餘燼，被燃了一半的兩支小紅燭，齊整的擺列著，不免有些奇怪，也許為了需求菩薩罷，他這樣想。又看桌子上堆的東西，因問：

「買這些魚肉幹啥?」

「誰有錢買它，還不是為了你這髒老東西!」她哽咽著說，「你裝啥傻?聯保主任抬走了俺的閨女了!前天你被捉了去，余保長就來說，你犯了國法，是什麼漢奸，縣長把這案子看得天大，一報上去不是殺頭，就是槍斃。俺聽了，魂都沒有了，給他磕頭，求他救俺，他說沒有這大力量，只有求求聯保主任。他又說，聯保主任不是容易求的，你們窮人，有什麼報答他的，不如把閨女給他作偏房，那怕犯了再大的罪，就會沒事了。俺說去問問當家的，他說，犯國法的人，就能讓你見麼?俺只剩了這塊肉了，俺怎捨得給人家作小老婆?俺想了一天一夜，想不出主意來，孩子也哭個死去活來。末後，還是孩子自家說，只要能趕快救出爹爹，火坑也願意跳。就這樣，算答應了!今天早晨抬走的，這東西就是他家送的。隔壁的大叔說，你這老東西要不告了聯保主任一狀，那裡有這場禍事?都是你害了俺的閨女!」

他聽了，全身發抖，說不出一句話來。兩眼直盯著桌子上的魚肉，而那兩條魚，尾巴時翹時落的拍著桌子，一息的生命還在掙扎著，然而已經是沒有用了……

么武

從友人處轉來一封家信，真是意外的令人喜悅，幸虧六個月前離家時，留下了一個朋友的地址。信是哥哥寫來的，說我們的縣城雖然被一部分敵軍據守著，而四鄉都在我們游擊隊手裡，我家中的男丁全參加了。在我家二十多年的么武和他的兒子，都是其中的一員，不幸一個半月以前，么武陣亡了。但是，他的死是光榮的，他參加游擊隊不過三個月，他竟斃了十一個敵人。他那英雄的事蹟，已經編成了歌謠，他無疑的是一方的英雄了，人人口頭上唱著他的歌，紀念他，學習他。

「他無疑的是一方的英雄了！」我反覆的對自己說，這時候，好像他還活在我的眼前一般。他那兩叢濃眉毛，一對豬眼，疙瘩鼻子，扁扁臉，高個子，右腿聽說受過刀傷，比左腿要短得一寸光景，雖然有點跛，卻不妨礙他的善走，他一天可以走一百六十里。往日家裡要到鄰縣去賣東西，或者送給遠處親戚家的信件，哥哥照例派他去的，他好像不喫力的就給你辦了，若在別人身上，至少要費出五分之二的時間。他永遠的在我哥哥的指揮下，他怕我哥哥，同時也感激我哥哥。他到我家來的時候，我還幼小，不大記事。彷彿辛亥那年秋末，他不知從什麼地方打我們鄉里經過被放哨的民團抓了，他穿得挺壞，沒有行李，又是異鄉的口音，於是以匪的名義被捉下被羈押了。一押兩個月，竟沒有從他身上發現匪的破綻，他的口供只說當過兵，打敗了，逃走了。一天，民團團長和我哥哥閒談，說羈押的有個異鄉人，說他是匪，沒有憑據，打算放他，又無身家。我哥哥是個任性人，說我去看看到底是個好人壞人，他果然立刻去看這位異鄉人，他看了以後，高興的對團長說：

「那是一個好人哪，真冤枉，讓我領去罷！」

「好，你領去，日後出了事，我找你是問啦！」團長開玩笑的說。

「好的，出了事就找我！」我哥哥慷慨的答。其實那時團長和我哥哥一夥，操有生殺之權的，漫說這異鄉人不是匪，就是個江湖大盜，真個把他放了，誰也不敢說個「不」字。

從此，那異鄉人，就來到我家了，直到他成為一方的英雄止。

他一到我家時，家裡的佣人們都騷動起來了。我們是個中產地主人家，有田，有菜園，有十幾個僱工，自己卻沒有人作。這些僱工們，對於這異鄉人，都是歧視的，這歧視的心理，非常頑固。喫飯時，不喊他，他見人家都坐定了，擠上去。晚餐是有酒的，卻不給他添一隻杯子，他把別人不用了的杯子拿過來，連連斟幾杯灌下肚。大家都以鄙視的甚至於有些恐怖的眼光看著他。

「我敢跟你打賭，要是說他不是個強盜！」

「誰跟打賭？俺可不傻，他那賊頭賊腦的，一看就知道他是幹啥的！」

「俺還看見他裡面穿的是女人的褂子呢。」

「大爺真胡來，這年月，弄個強盜到家裡來！」

「緊防受他的連累，不要和他打交道！」

在歧視的偵查的眼光下，於他似乎並沒有什麼損害，他不屈己向人，他也不感到寂寞。因為他是這樣的態度，更引起他的同伴不快，他不能從別人得到溫暖，而別人又憎惡他的嚴冷。同伴們又進一步的向他攻擊，說他懶惰，不會作活，只會喫飯；而他呢，確是常常蒙著頭酣睡，就是醒時，也是懶洋洋的。一次，被我哥發現了，問他道：

「么武，你會作什麼呀？」

「咱會打槍！」

「你這混蛋！」我哥哥說，「我不招兵，誰要你打槍？」

「不麼，咱會種菜！」

「好，以後你就跟老張種菜罷！」

老張又豈肯和他打交道，主人既然吩咐了，只得讓他在菜園裡廝混，於是擔糞挑水，喫力的活，都派他作。他不大說話，口吃，大舌頭，說話時又愛紅著臉皮。可是，不久老張看出了他是個老實人，心想，這傢伙恐怕不是個強盜罷。他能作活，又勤快，種菜也還內行，終於老張不得不拋除了對這異鄉人仇視的心理。那些夥伴們，又因為老張的關係，也和他熟了。他們向他說笑，他也回答幾句，有時他連三連四的灌著燒酒，大家也不奇怪了。

第二年正月，老張辭了工，么武找我哥哥說：

「大爺，咱看菜園的活輕鬆，就讓咱一個領了罷。」

「好，就讓你一個作罷，老張工錢多少，我照數給你！」

從此，那將近十畝地的菜園，都交給了他。下種，分苗，去草，灌水，著糞，都是他一人的活。至於他的工資，比起他的同伴及就他本身的財政上看來，不能不算是一筆大的收入，他怎樣開支這一筆收入呢，他有一定的預算，如春天的清明，秋後的冬至，這兩個節令，他支了工資，買些紙錢，攜到郊野，先畫上個圓圈子，對著圈子說：「這是咱爹的。」又畫上一個圓圈子，說：「這是咱娘的。」紙灰被風吹得打旋的時候，他哭喪臉蹲在兩個圈子之間，靜默的苦思著，他的心飛馳到不是被黃河沖洗便是一片黃沙的故鄉去了。那裡埋葬著他的親人，那裡他寄放著一顆遊子的心。一年，他的夥伴問道：

「么武，你的爹娘早去世了？」

「不，咱小時娘沒了，咱爹沒有死。」

「哈哈，你這人真奇怪，你爹沒死，幹嘛給他燒紙錢？」

「不，咱逃出時，爹沒死，現在咱離了爹，整整十三年了，咱想，咱爹勞碌了一輩子，也該沒了！」

「好傢伙，活馬當死馬醫，么武是個孝子呢！」

「不是這樣說的，樹有根，人有親，爹娘養咱一場，不燒紙錢，怎過得去？」

每年年終，除了兩個節令的開支外，都是盈餘，他穿的衣裳，不在預算裡的，因為我哥哥看他是異鄉人，時常給他一兩件舊的穿。他這一筆盈餘，作什麼用呢，似乎沒有什麼用途。但是，當別人結算他們一年工資時，他也隨著結算。經我哥哥統統算了給他，他用他顫慄的手接過後，捧到他的小房裡，細心的數著，心上默算著，直到他的手被冰冷的銅子弄得發燒時，——他的心也就像彈簧一樣的伸張了，於是又細心的捧著送給我哥哥，說：

「大爺，累你老人家，替咱存著。」

「你這人，又送了來，為什麼不早說聲存在帳上呢？」

他回答不出，臉紅得像喝醉了酒，結果踉蹌的走開了。不僅一年兩年他這樣作，每個年終時，他都要用他的手溫著冰冷的銅子，又讓銅子溫他的手發燒為止。

七八年前，中原內戰的時候，河南一帶人民為了砲火，忍心的逃出自己的田園，輾轉流落到我們那裡，終因失去工作和泥土，飢餓燒毀了愛情，就是生命相依的夫婦兒女，只得分開，各人在飢餓無歸的命運下掙扎著。

一天傍晚，中伏的時候，我哥哥坐在稻場上乘涼，么武輕輕的踱到他身後，說：

「大爺！」

「誰？」我哥哥回頭看了一下，問，「么武你幹啥？」

他被這一問，半晌說不出話來，本想走到我哥哥面前，反而停住了，像木頭似的站著，許久才吃吃的說出：

「沒啥事，大爺。不，咱爹娘只咱一條根，咱也三十多了，沒有家，今年外邊亂，人價便宜，咱想……」

「你打算買個老婆罷？」我哥哥笑著問，「誰給你說的？」

「大爺，今年人價便宜，朱二叔給咱說合。」

「是河南逃來的麼？年紀多大了？」

「不錯，河南來的，朱二叔說三十來歲，是個白頭，還有一個三歲的男娃。」

「你幹嘛娶個老寡婦？年輕女人有的是。」

「不，大爺，咱就喜歡那女人是白頭，買人家的活漢妻，不知怎的，咱心裡有些過不去，就是白頭好！」

「你這人，真是……」我哥哥沒有說下去，即刻轉了話鋒。「好罷，你去找老吳幫你相相，不要讓朱老二騙你，人價說妥了，來拿錢好了！」

以後，那三十來歲的寡婦，就作了么武的原配，也有了家。

那女人，有一身好氣力，什麼活都做得來，使他喜歡。那三歲的小娃，雖說不是他的骨肉，他愛他同心肝一樣。他那兩道濃眉，平常有如一把鎖，現在展開了，焦黑的臉，浮著紅潤的光。他依舊在我家菜園工作著，他幸福的工作著，那快樂像他播種的種子，就是極小的角落處，也欣然的伸出嫩葉，開著好看的花。

然而，那寡婦給他帶來一首幸福的歌，隨著又給他留下一個創傷。因為她嫁過來將近兩年，她就永遠離開了他。他之所得，除了一個孤兒以外，在春天的清明，秋後的冬至的時候，郊野上又多了一個圓圈，他打著年年習慣的調子說，「這是咱女人的！」

這時期，我說不出他的悲苦，也想像不出，在這世界上，知道他的，只有他自己。

他整天帶了那孤兒，在菜園裡工作著。但是他的動作迂緩了，平時在他手中舞來舞去的鋤耙，也當他是個陌生人，不聽他的指揮了。晚間，他等到那孤兒在他的茅屋裡熟睡了後，他吹熄了燈，坐在牀沿上，作著單用兩隻手能作的工作，像剝秋麻退包穀一類的事。那夜幕下，就是一隻鳥或一條蚯蚓，也都沉在酣夢裡，獨有他不去睡，他的心在想什麼呢？在月夜裡，會使他異常煩躁，他往往喝醉了酒，朦朧的在他的小天地菜園裡，蹬來蹬去，一個瘦長的黑影，時時的投在吸取著夜氣吐出清芬的植物身上。

他悼亡的悲哀，繼續到多少時日呢？我不知道，因為不久我就離開我的故鄉了。前年冬天，南京失守，我回到了一別十幾年的故鄉。剛一到家，么武就來看我。他的面貌，雖然依舊同十幾年前一樣，只是變得蒼老瘦削，背微微的駝，黃白摻雜的頭髮，儼然是一位倔強的五十歲的老人了。站在他的背後，一個將近二十歲的青年，黑油油的臉，一架堅實骨幹，他瞪著眼望著我，詫異的，搜尋的，好像在我這陌生的人身上發現了什麼似的。么武真切的笑著回過頭對這青年說：

「別發傻呀，娃兒，給二爺請安呀！」

他這一介紹，我才恍然十幾年前的事，這青年就是么武生命相依的兒子。先是他拿著鋤頭工作的時候，這娃兒在一旁玩耍，漸漸大起來，就在一旁學習，總之，么武把他從工作中餵養成一個堅實的青年。我笑著同么武說：

「你有福氣，他真是你的好幫手呀！」

「二爺，這年頭說啥福氣，倒是這娃兒挺聽話的，也有一把好活，大爺知道。」他矜持的說，從心底發出滿意的笑。接著問道，「二爺，你從外邊回來，該知道咱們濟南府怎樣？」

「濟南府麼，早被鬼子占了！」我說。

「鬼子也到了咱濟南府嗎？他媽的，也不知咱老家怎樣了。」他立刻收了他的笑容。「二爺，鬼子會到這裡來麼？」

「說不定，許會來的！你怕鬼子罷？」

「不，二爺，咱才不怕鬼子呢！咱當過兵，咱會打槍。那鬼子算人麼，他到的地方，什麼都幹得出來，比以前的長毛還狠。這些事，咱都知道，咱天天去火神廟，有好些先生對咱們講。昨天，一位先生說，鬼子要來了，上面發給咱們槍，咱們一起都上前線去！」他回轉頭，對那青年說，「爺教娃兒打槍，咱爺兒倆拚去！你聽二爺說，咱們老家濟南府早沒了！」他說話時，臉上像蒙了一層炭霜，他吃吃的吐出來的每一個字，都像一根釘釘在硬木上。

那時，我聽了他的話，雖然也知道他的堅強的性格，卻未曾想一想他這人說到那裡便作到那裡的。現在不是他實踐了他的諾言麼？

在這世界上極東的古國裡的今天，沒有神話，沒有傳奇，有的是人與獸的肉搏。五千年以前，也曾遭受過一次洪水野獸的襲擊，終歸被蕩平了，那不是神話，也不是傳奇，單是人類的至上的智慧與英勇，正如五千年後的無數萬人獻出那至上的人類的智慧與英勇一樣。我所熟識的么武就是其中的一個，在他後面我還熟識的一個，踏著血跡前進的，便是與么武生命相依的那青年，么武把他從工作中餵養成一個堅實的青年，如今又帶他攀登了人類最高的光輝的塔！

但是，我用什麼言語來紀念么武呢？我想不出，因為這不是神話，也不是傳奇，我放下筆，重複著我哥哥信中的句子：

「他無疑的是一方的英雄了，人人口頭上唱著他的歌，紀念他，學習他！」

散文

壓迫同性之卑劣手段

看了北京女子師範大學校長楊蔭榆女士的〈教育之前途棘矣〉的宣言而後，雖然文字詰屈，猜其大意不外學校的風潮擴大了；但究竟是怎樣一回事，還不能很清楚。可巧在五月十一的《晨報》上，發現了楊女士告誡學生與致學生家長函，因而知道原來是這樣的！

撒野的老婆子們，和她們同性決裂的時候，彼此爭鬥唯一的工具，便是關於「品性」的罵詈！她們曉得這句話比罵什麼還厲害，這便是唯一的致命傷，雖然她們並不知道有我們的古聖先賢留下的所謂道德品性這一類的好名詞。

楊女士要化學校為家庭，做婆婆，不得不開除學生自治會中六個職員，為了「師出無名」，因而乞靈於我們的古聖先賢留下的所謂道德品性這一類的好名詞，來作唯一法寶。如在致學生家長函中，特用「品性」兩次，又使與被開除的所謂「害群分子」若斷若連；同時，在告誡學生函中又說了「犯規至於出校」的話；彼此互相映帶，一若確然犯了彌天大罪，否則雖以「女教替陵，坤靈且瞑」出面衛道的人如楊女士，也絕不肯將伊們開除學籍。而且又將這巧妙的文章，作為冠冕堂皇的理由，致函家長。那自然是根據女子三從「在家從父」之一條了。想家長接此函後，定正襟太息，以為「女子為難養也」！

因此我敢相信以「女教替陵，坤靈且瞑」出而衛道的楊女士，較之撒野的老婆子的相罵，還欠直率；至於所用的手段，卻可說是彼此「殊途而同歸」！

在今日「教育之前途棘矣」的中國，用軍警壓迫學生，甚至於打殺學生，是極其平凡而常見的；於無端假借了我們荒涼古國唯一的禮教來壓逼同性，這實在是至人的奇蹟，畢竟楊女士聰明，能用軍警所不及的工具！畢竟楊女士剛強，能用人家所不願用的手段！想楊女士要不是傷女教之替陵，憫坤靈之且瞑，定不致陰狠如此！然而先聖曾說知我罪我，用心良苦，楊女士亦可見諒於天下了！楊女士的〈教育之前途棘矣〉的宣言，現在已經發出了，我想不特「海內明達」，至少總有一大部分孔教徒，來援助楊女士作衛道之運動的吧？

最後我要告訴我們的朋友，楊女士是女子師範大學的校長，自然是女界的代表，但她所代表的是什麼？這次所用的手段，又是什麼？

鐵柵之外

終日昏昏的中國人的生活，除了吃飯睡覺而外，好像什麼事都沒有，雖然有許許多多要做的事在那兒——遙遠的地方——放著。進一步說罷，吃飯睡覺又豈是中國人的本領？不吃飯自然不能生活，不睡覺這長天白日又怎麼消磨？印度人可以悠然的坐在椰樹下，消磨這可詛咒的歲月。這種「羲皇上人」的生活，自然是中國人所欣慕而求之不得的；所謂中國的詩人大半也就埋在謳歌這樂土的生活之中。中國詩人的人生觀，大概只要能夠做印度之氓，也就滿足了。

有些天資聰敏人以為吃飯睡覺近於無聊，便將生活改變，去娶姨太太與逛妓女。這種改變是由靜而趨動的，——靜與動本是中國哲學的兩大關鍵；同時這改變也就可以說是愛的擴大，由五倫的基本單位，而推及於貧弱的女同胞，這豈不是擴大麼？這種愛是超物質的，是形而上的，正是中國人的特色，可以誇耀於夷狄，而認為夷狄所不及的，因為夷狄的毛病正在輕精神而重物質，物質便是「利」，好「利」也像是「宣尼」所斥的小人。

這次英國人和日本人在中國的土地上宰了幾個中國人，我們素以禮義立國的古邦，對此本可以寬容下去；不料居然也值得大驚小怪的鬧起來，真太勞苦了，真不免要受智者之譏——如《順天時報》及《東方時報》的記者等。

想也是英國和日本人的意料所不及的罷，這小小的幾個人命案子，中國人卻捨了鴉片煙槍來作樟腦針受用，以至於食不能飽坐不能安好像得了熱病似的。真的，我們應當感謝：這一針樟腦的力量！

大學的教授們也扔了書本離開了研究室，親自執了請願的旗子到執政府去了。為了人數太少的緣故，我們學生也加入湊數。

到了陰森的門前，我們一齊都停止了。無端使我驚異的，便是在這堂皇的大門裡面所出入的，原來是這些：有的是羊豕一般肥，有的是狐狸一樣狡獪，他們都淡焉漠焉；其實，以有形的比喻來形容他們還不得體，倒不如這樣說罷：他們的簡單，直是渾然一太極。但不知是樟腦劑的力量還不普遍呢，還是針尖在他們身上實在不容易打進，雖然他們究竟比羊豕和狐狸聰明。

大家鵠候了兩點多鐘，才知道執政先生是不在府；只得又轉到執政先生的家裡，街上的灰塵，想是為我們的腳步的原因，雲霧似的騰起來了，我們在其中蠢蠢的動著。

離這執政的家半里的當兒，前面已經塞滿了兵，他們全身是整齊的武裝：子彈是扣齊的，刺刀是插在槍上的。

前進嗎？已經是不能夠了。我們的隊伍也烘烘的亂了。

——同胞們不要這樣——

——我們是為和平而來的——

——我們是為幫助執政解決外交而來的——

大家越發擁擠得厲害。後面的人往前面推，前面的人也時時往後面微退。我的左旁的同學耐不下去了，便很靈敏的跳在人家的牆根上去站著，我剛要提起左腳去補這空缺，卻被我後面捷足的同學先登了。

——我們演說來感化他們——

——他們懂得什麼？感化算了——

——同胞們……日本人英國人……在上海殺了我們的同胞……我們當一致對外……不過……要知道……

嘈雜的聲中，已經聽不到他們感化什麼。好像是聽得幾個北方沉重的聲音，什麼「咱們何嘗不知道國」，什麼「也知道日本鬼子打死咱們同胞」，「不過吃了咱長官的飯，就要服從……」，以及些什麼……。

——同胞呀……

——同胞呀，我們的國就要亡了……

有些同學放聲大哭了；哭聲中隱藏著許多話，似乎要說而說不出。我右旁的一個朋友，我是聽見他的抽唷聲，我不敢轉過頭去正式的看他——其實並非不敢，是怕招了「叔寶太無心肝」的嫌疑。從我的斜視中看見了他，他的眼圈紅腫得像核桃一樣，他正在啜泣。

空氣驟然的悲壯與沉默了。

——我們要和平……

沉默中發出這一聲呼喊，聲音是微弱而夾著哀痛的。唉唉，和平是這般的容易，隨便可以要得的麼，單是眼淚，怕不是弱者的表徵罷？

——我們要和平……

這微弱哀慘的聲音，依舊散漫了寥廓的空間，但也緊緊的敲著我的耳鼓。

我從前面的人與人的肩膀的空隙中，窺了對面的前線的武士，是愚鈍、凶悍，毫無表情，這些可憐的人啊！

我們得尺則尺的，居然也到了執政先生的圍牆之外了。

前面的人突然狂叫起來，我頓時張皇而且驚異，更見前面的人頭亂動得可怕。於是我企起足尖，仍舊從前肩膀的空隙看去：營長正用了有力的巨掌，對著他的躬腰伸頸正向前方躲避的兵士揮過去，而這巨掌正落在這兵士伸長的頸子上。

營長即刻命令兵士退到執政的門前，執政門前的鐵柵也即刻關起。這種退避，也許顯然是示弱於我們的；為預防我們這些「暴徒」闖進，所以便將鐵柵關起的罷。

要真是他們以我們為「暴徒」，我們真真慚愧了，可是他們是顯然以對待暴徒的手段來對待我們呵。

又起了以前似的嘈雜的聲音，從沉哀變成激昂了。

——再遲兩分鐘，我們的兩位教授便在刺刀下送了命。

——太豈有此理，這樣的野蠻！非請執政出來道歉不可！

——不然……我們由對外而來對內……

鐵柵內刀的光輝，映在我的眼前。我幾乎覺得看見上海英捕的刺刀，怎樣從中國人的脊梁刺入，中國人怎樣的倒下，熱血怎樣的流在租界地上，血與血又怎樣的流成溝渠。幸而剛才的事件，尚遲了兩分鐘，我們的悲劇並不在執政的鐵柵前重演。

代表同了一位肥短的先生，帶了尖的瓜皮帽，胖馬褂大眼鏡和老鼠鬚鬚，謙卑的來到我們面前。據說這位先生便是執政的代表。

我們的一位禿頂的老教授同他說：……

——剛才要不是遲兩分，兩位教授便死在你們兵士刺刀之下：要是我們有罪，請執政即刻將我們槍斃；不然……這樣給執政太丟臉了！我們請執政親自出來……再者兵要即刻撤去……

畢竟這位老教授立言忠厚，還顧到執政丟臉，但不知這次執政用什麼面孔來同國人相見？

記——

「今天是中秋節，又該弄酒喝了！」

什麼酒好呢？白蘭地罷，太和平了；紅玫瑰罷，更無味了；還是老白乾罷，雖然汾酒還可口，只是太不容易得到的。白磁的酒杯和發光的錫酒壺都不免於太小氣而且寒酸，還是用漱口大洋磁碗罷。

今天是可以痛快的醉了，雖然醉並沒有什麼意義。

豬肉的香氣同芬芳的酒瀰漫了全室，使我暈眩的忘了房中的床帳書籍及其他一切的陳設，甚至於忘了我的手我的嘴及所有的機械正在那兒工作。

酒許是比女人還易於迷人呢？不！絕對的不！女人的眼淚比酒有力量得多了！不管你是老白乾或汾酒甚至加了迷魂藥的。

雖然豬肉的味兒還不錯，可是人肉又怎樣呢？——自然是不會好的，實在是太骯髒，太卑劣了！萬一不得已時血還可用，也不過為的是顏色紅得同櫻桃般的好看。

又該抽菸了！

靜默的倚著桌兒坐著，青煙從我的嘴，我的雙目，我的髮際飛升以至於看不見。

光明立刻在我眼前燃燒，當我用力吸菸的時候；燃燒著，燃燒著，燒過了白的紙紋，燒過了藍的標記，燒過了閃灼的金字。……

是誰能在這個時候將我從冥想中喚醒呢？

去年今日之回憶

年年戰爭的發生，渺小的我，實在沒有什麼特別的感觸；更不能像安得烈夫他那樣熱烈的心作他淒涼的自白，現在也不過偶然的淡淡回憶，雖然過去的已經渺茫了。

去年戰爭的期間，我並不是如今年一樣的在這古老的北京而是在我風物明媚的故鄉，當秋風初動的時候，好漢們比武的消息便傳到鄉間了。

當時我可以發誓，我實在沒有多大的興奮和沉哀，不過在黃昏初上的時候，我是盼望報能早些送來，因為我要在上面看那浪漫的話劇的。偶然郵差誤了班當晚沒報看，那我只有默默的遐想戰場上熱鬧的情形，槍是如何的打得準，大砲是如何的爆發，主帥是如何的憂與喜，以及小百姓之如何跑得同受傷的兔子樣，再至屍身是如何的堆積，鮮血是如何的橫流曠野，誰說這不比小孩子互罵「媽媽的」還有趣呢？

有些愛下象棋的人，我想在這每年戰爭的當兒，可沒有繼續的必要了，應帶著照相機及望遠鏡去參觀這真象棋的下法，我可以擔保當你看罷歸來的時候，你定能悔悟過來那紙上的棋子真太無味而且無聊。

山格夫人空空的跑到中國走了一趟，受人歡迎，同時也受人冷落，這也難怪，實在她外來的節育法沒有咱們的國粹有效，不見我們年年的戰爭那一次不是節掉幾千幾萬呢？這實在比山格夫人的什麼節育法痛快得多！無怪乎那時有南方之學者拒山格夫人而不納呢。

說到去年的戰爭，回想起來那時認為有詩趣的，就是戰爭底下的老百姓，總不甘心於將要收到手的棉花田，作了大帥的戰場，因而冒著彈雨，提著竹籃在一顆顆的掇拾的時候，他便倒在他所愛的雪白的棉花地下永久的長眠了！再次就是兵們往往手拿著饅頭向嘴裡送的時候或是正在咀嚼，而多情的彈丸便遙遙的過來，當下卻請他們「壽終正寢」了！

這樣的老百姓同兵們畢竟算是幸福啊！為的捨不得將收成的棉花，大帥便叫你同伊所愛的伴在一起；為了生活去當兵，大帥便叫你的嘴中老是放著饅頭；大帥真是土地老爺廟前的橫榜「有求必應」哪！

即如現今的話劇剛開始的時候，除了我們有談的材料，有笑的材料，以及報館的生涯倍屣外，而賣晚報小兄弟們，在提著嗓音與夜風抵抗的當兒，同時也得了些微的生活而不至於餓死！足見大帥不特加恩於人人，且推恩於赤子啊！朋友們，我們應如何感謝年年的戰爭呀！

奠六弟

六弟度了人間五個春秋，這也就算了他的一生了。

近日接到家信，說寒假將到，便可早早回來。在我，是習慣了公寓生活，對於家庭的團聚，早已淡然漠然的。只是，那家信卻觸動了故里的縈思，無端想到去年歸家時的一幕，使我便悽涼的悵惘起來。

記得那時候，晚風吹著涼意，天星微微的睞眼，家人都納涼在庭院裡，團圓了；惟獨失去了天真的六弟，——他死去已經有六個月了。

——往常他總是說我想大哥，現在大哥回來了，可憐他竟死了！……

——在病得不了時，他有時還大哥大哥的叫著……

孀母再不能往下說。一齊都靜默著，所有的只是低聲的啜泣。

平時遙望著南天，想念的伊人啊，伊正倚著坐在孀母的身邊。我們沒有寒暄，我們沒有一句話敘及別後，偉大的森嚴塞住了我們的嘴了。

七月七日的天上佳節過去了，接著便是七月十五陰靈的節日。這時新死者的家屬，都忙著款待親族，籌預祭奠，而六弟這才得五歲的兒童，自然是用不著什麼儀式的。

園丁將紙錢私自放在花園的別墅裡，覓了竹籃，紙錢裝好了，我叫他先到菜園邊等候著，因為這是瞞著嬸母的。我同二弟悄悄的走出後門去，不知怎的嬸母卻已經知道了，當她哭著到了花園時，我們正走到菜園邊的小橋上。

我們走得很急速，怕的是嬸母要趕上來；大道上成陣的老年和少女們，都不暇去注視。

天氣雖然是七月，但依舊有些熱悶，楊柳垂蔭半塘下，白鴨悠然浮眠著。我們經過了沙河的大橋，兩岸的蘆葦惻惻地作響。再經過些玉蜀黍地，其下的豆類裡，隱伏著秋蟲的吟聲。

一片廣闊的墓地，現在我們的眼前了，上面生滿了蒿萊。

每個新的丘壠前，便有些白的孝服，與悽慘的哭聲，夾著親族的敬禮。紙錢灰飛揚著，蝴蝶似的。

園丁走到六弟的小墳上，略略拔去蒿萊，便將紙錢燃起。我的心愈棼亂，對於六弟的記憶也愈模糊，我不能記起他的天真，活潑，穉氣和可愛了。我們是送錢來的，但是，你以五齡的孩子，又怎能明白錢的用處呢？

你是初次離開了家人，孤零零地，荒草孤墳，如何消受呢？不久秋風就要漸漸蕭瑟，你能夠不悲傷麼？

太陽將要偏西了，新死者的家屬，都聚集在這荒涼的墓地上。紙灰瀰漫了天際，頓使天色早成了黃昏。哭聲遍滿著四野，有的為著雙親，有的為著兒女，有的為著夫妻，有的為著兄弟……。

生的愛戀，死的憂傷，成就了這樣的人間。

園丁拾起竹籃，二弟拭著眼淚，我們便離開了六弟，頹喪地走著。

造物主宰著一切，使我們今生今世弟兄的關係因緣，不過這樣的偶然而已嗎？——然而終於是這樣的結束了！

夢的記言

我的夢不在春的夜或繁星在天的夏夜裡；當酒已酩酊，菸草成為飛灰以後，這正是我的夢境。

畢竟我是俗人，於酒和菸草中所得的不會如傳奇裡的美與怪異，因為酒和菸草的嗜好，並非雅人深致。

所以我夢的國土，沒有天使，沒有愛神，也沒有爛漫的光和美豔的雲。然而我夢見什麼呢？

我不知道光和愛是什麼，究竟人間世有沒有這件東西？有如一個貧乏的孩子於未見過貴人的客廳與跳舞場，終於幻想也離開不了他所居住的茅屋四壁；我生息於這古老的城堡中，一無所有的，除了荒涼和寂寞。

所以，我所夢的是平凡與無味。

一、光榮的死

我所謂光榮的死，並不是詩人以熱烈的求生的心空虛著無所歸依而讚美死，還想於死後能夠踏到最高的階石。

這死已經為新聞記者所不注意，這光榮也不過尚為少數的聰明人所稱讚罷了。

年年月月開演著戰爭把戲，彈丸如暴雨似地飛臨在他們身上，熱血浸潤在黃土裡；要是遇了地雷和炸彈，血肉便狼藉地橫飛，如秋林的霜葉。這剎那，有誰知道死者的心情如何呢？而我們聰明的軍官都道：「諸兄弟在宇宙已得了無上的光榮。」

光榮是什麼呢？即或是美好的，是可以尊崇的，但已經挽回不了他們消亡以後的生命了！

人都希望生命的滋長，而他們所得的是死亡，毀滅！

先前是說「好男兒盡忠皇上」，再進而說「好男兒造福國家」，而更聰明的人又說「好男兒為主義犧牲」。他——聰明的軍官們，總是慷慨的讚美著，又對來者說：「也應該這樣的」！

「皇上」，「國家」，「主義」，成就了他們之所以為光榮，在這宇宙間。

當我們聰明的軍官在安寧的地方傲然指揮著說：「你們為我這一路死」、「你們為我那一路死」，這正是聖者的行為，如果耶穌的天堂與佛的涅盤真有，我想。

二、返於野蠻

倘若「冤家路窄」：一隻貓被狗追逐的時候，只要猴子一般爬到樹木或屋脊上，便可從容地脫險了；萬一失了逃竄的機會，那貓於是怒目張牙，聳起腰幹，咆哮著不懼地反抗起來，狗也就無可如何地自甘退讓。

獅子虎豹的強梁，也不過如是罷。而貓的反抗本能，雖然存在，但到被豢養於人類而馴伏了；以致這可貴的本能，成為殘餘無用。

我們這不可救藥的民族裡，要弱者抽刀向更弱者已經不可多得，遑問那殘餘的反抗本能！

強毅熔化在仁讓的洪爐裡，復仇消逝於微笑中了。

每當惡毒襲來，一笑便算完事，就是這一笑，也沒有陰狠，沒有戰慄，沒有痛恨，更沒有其他的意義存在其間，就只是微微的一笑。

唾沫吐在我們臉上，可以恭敬地承受，可以不必拭去，可以昂然向人前表示「雅量」；為的紳士們時常讚美似地說：「這正是我們的禮儀」！

厭倦了，厭倦了，我們所有的仁讓厚道，如同嗎啡之麻痺我們的神經；與其這樣怯懦地生息下去，生存是失了意義，倒不如痛快地從過去的痕跡裡，尋覓出我們那可貴的野蠻來！

三、明天

「唉，明天，明天！」他慰安他自己，直到「明天」把他送進墳墓去。
唔，一進入墳墓，你便沒有選擇，你也不再思量了。

——都介涅夫的〈明天〉——

荒涼的曠野中的俄羅斯的人民，似乎他們的生活裡沒有這樣的明天，也許詩人的感覺特異地靈敏，因而有這種沉哀的句子罷。

明天啊，正是我們這樣國度中人們血球裡的成分。

歌頌明天，希望明天，一切美麗的天國都在明天，永是這樣思量下去，只是忘卻了可愛的今朝！

一切的工作，全都放在明天。

——今朝應該及時行樂呀，工作還有明天呢！

明天，明天的明天都過去了，我們依舊是毫無吝惜地說：

——工作還有明天呢！

明天帶來了死亡，毀滅，墳墓，我們是了無所知；我們所看見的，仍然是年少，青春，美麗的天國！

歡欣唱著好聽的明天的歌曲，終於同樣歡欣地走進了明天的死亡，毀滅，墳墓裡！這時候，其中的陰森壓迫著你，再也不能容你多所思量，並做美滿的明天的夢了。

這可悲麼？不，不，我們的國度裡正以為快樂呢，因為「視死如歸」早成了警句，而這樣泥醉似地做著明天的夢，以至於死，正是「浩然無為，天機清妙」，為我們的詩人文士所歌頌的。

——工作還有明天呢！

明天依然是美麗的少女一般引誘著我們，我們並不自覺。

人獸觀

一、發凡

近在報紙上，偶然看見某闊人的發誓說，「非娘養的」。「非人」，當然是禽獸了。不過這類的習語，在民眾尤其普遍，如說「活畜生」、「狗娘養的」、「狗東西」、「活跟豬樣」……等等。就是在我們漢人的《四書》裡，也可看見什麼「鳥獸不可與同群」、「是禽獸也」，「與禽獸何擇」……之類。以禽獸來罵人，雖不知起源於何時，但是在我們的孔老二先生及孟夫子的時候都有了，足知罵人的為「狗」為「豬」以及其他之「畜生」亦不始於今日。為什麼用禽獸來罵人？我不是方言學者，不能加以考證。許是從生人以來，便以禽獸為最「下流」，所以要罵得痛苦，必得用這個罷。再不是，那就是「人」與「禽獸」在原始即有密切的關係了；但我非進化論的學者，也不過這樣的推想。現在我將「人」與「獸」併為一談者，我想特別聲明：不是以「下流」的東西來汙褻我們高尚的「萬物之靈」的人，卻在想從中找出一點區別。我們的「學者」千萬不要責備我不去問一問什麼「事業」和「學問」，或說我是「自殺」而用公函通知我的家庭。要知這「人」與「獸」的問題，是同「生命的研究」一樣的重要的！

二、人與其他

據進化論的學者說，人是與猴子同一祖先的。這自然是邪說，但是也許有一部分的理由，因為在我們先民的書上好像也曾經說過。我們必得要清楚，無論如何不能輕視了我們自己的文化，我們是四千年的古邦，進化比別人早，事物發明得比別人多，東西南北人的文化，雖非發源於我，至少也與我們相同，即如西洋人的聲光化電，我們早就有了，「德謨克來西」有的，「共產學說」有的，「互助說」有的，「安斯坦相對論」有的，即如詩人名士所歌頌的「佳人才子」，又豈不是西方人的自由戀愛嗎？

我們知道了人家的學問我們都是有的，那麼達爾文、斯賓塞爾的進化論我們又何嘗沒有呢？凡我們所有的，幾乎這一類的學者累白了頭髮一生都消耗在研究室裡，還沒有發明的正多呢。我們不用多，只要一部分就可以愧死西洋的許多進化學者，這書便是《山海經》。

考《山海經》生人與鳥獸有關係的動物，特別的多，現在略略地舉一點罷：如「其狀如魚有人面」，「其狀如人面而龍身」，「其神狀虎身而九尾」，「人面而虎爪」，「其狀人面獸身」，「其狀人狀而牛耳」，「其狀如牛而赤身人面」，「其狀如羊人身面」，「其狀如人面而豹鳥翼人面」，「其狀人面而豹文」，「其狀如人而虎尾」，「其中多人魚」，「其為鳥人面」，「人面蛇身」，「其為獸如豬而人面」，「氐人國……其為人面而魚身無足」，「有神人面鳥身」，「有神人面犬耳獸身」……。由此看來，水棲的魚，飛的鳥，爬的蛇，以及許多奇形怪狀的東西都與人有關。這豈不是達爾文一般進化學者所夢想不到的嗎？他們的推測僅僅是猴子與人同一組，卻不知道魚鳥蛇豬等等，都與人同一祖先呢。所謂「人面」，想與今日人們的面龐相似，耳目口鼻都有相當的地盤，不過在那時候，並不見得高貴，且不為「人」所專有，所以魚鳥蛇豬等等都可以隨意使用的。

那時候所謂「人」也不同今日一樣，一定是要兩條腿和兩隻手，穿戴衣冠擺出正人君子或紳士的架子；氐人國的人，是水棲動物，便是一例。至於其中的神，居然鳥身能飛，這豈不是與西方人所稱的 Angel 相同嗎？再至「羊其身而人面」者，卻與希臘的牧羊神 Pan 和 Arkadia 相同。據此，東西文化正有一貫之可能，或可相信同發源於一處，如羊身人面者，未始不可以這樣的說：在東方為氐人國的人，在西方卻是牧羊神。而鳥身能飛的，在東方為神，在西方為天使；更不見有什麼特異的區別。有這確據，我們似乎可以坦然相信了吧。

三、從半人到真人

據西方學者說，在如今的五官百骸的真人（true man）之前，還有自Pitbecanthropus Erectus至Cro-moynon五種半人（Sub-man）期。他們所謂這五種半人時期，還不能說定便是絕對的人的歷程，因為他們猶在那裡探求著，真人與半人間的Missing Link，以待將來能夠得著更確切或更進一步的證據。

人從何時與鳥獸等等脫離關係，以及何時方獨立而算作真人，這是很難解決的，在西方尤其不易。但在我們古邦的文化裡卻早已有所說明了，《說文解字》中「南蠻蛇種，北狄犬種，北貉豸種，西羌羊種」，先民在數千年以前就已經斷定：某也是蛇種，是犬種，是豸種，是羊種。南蠻、北狄、西羌，諸處的種族，雖然說得明瞭，而長江流域獨付闕如，這是很可惜的。長江流域的種族，也不會例外，大概是不外乎與蛇、犬、豸、羊同等的某類吧！我想。由此看來，我們就更清楚，我們中華民族的原始，是與水棲類、爬蟲類、飛鳥類、走獸類，都有相當的關係的。現在我們都幸而脫了其他各類動物的形狀，儼然做了「萬物之靈」的人了，彼此擾攘著，同在一條人的道上的時候，總不免這樣的疑問：你是爬蟲類吧？是水棲類吧？或是走獸類吧？我幼小時，便聽前輩說，人是有尾巴的，老了覺著尾巴硬的時候，他便走進墓子裡去，這墓子自然是早前修好的。我曾設想：人帶了尾巴是多麼不方便與不好看，便天生就的，有什麼法子呢？至於這討厭的尾巴，從何時消滅的，我們的先民卻沒有說。據我的推測，或武斷的說：尾巴的失勢，是在周公制禮的時候，起居坐臥跪拜的禮節成立了以後，自然尾巴是不堪蹂躪的，於是或者由脫毛以至於微小了。待到孔老二先生祖述周公，重行定禮，儀式具繁，而尾巴更不能不成為「強弩之末」。度其情形，大概是只有剩餘的微末而已。但孔老二先生為定禮的大聖，想來他的微末應當更微末於凡人，惜傳無明文，無從深考。我但聞今人臀上之骶骨，便是從前尾巴的餘痕。嗟呼，此區區者，已數千年於茲矣。

西洋學者說猴子轉變成人，卻近於推度，而我們的先民們曾詳細地告訴我們，猴子如何如何地經了幾個時期，才變成人，如說「獼猴壽八百歲變為猨，猨壽五百歲變為玃，玃千歲，則善變人形」（《抱朴子》），要不是費過一番科學的研究，如何能這樣具體的說出來呢。據前輩說，狐也能變成人的，雖然有《聊齋志異》等書是專門的談虎說怪，但現在所引，卻不根據於此。在我們的鄉里，一次一個鄉下人在午夜的山下經過，偶然見了山上立著一個狐獨的狐狸，扶杖著枝樹，挺著胸脯，昂然地自問自答，「誰說我不是人，我偏是人！」他之所以為此，大概是在那裡開始學做「人」罷，而這「學」，我們的先民便認為修煉，到修煉的功成以後，便脫了獸形而成為人了。由此可以知道：水棲類，爬蟲類，飛禽類，走獸類之所以由人首而半人，由半人而真人者，也即都不外乎修煉。人到九轉成功之後，壽數自然應該不止於數十春秋，然而不能如此者，其七情六慾有以害之歟？嗚呼。

四、今日的人和獸

在今日，脫離了半人以後的幾千年，人與獸的掙扎，以及獸借了人的皮殼而復活——有如借屍還魂似的，這還足以引起我們的注意。

前時，市上突然發現了一隻「大蟲」，不幸與打「大蟲」者還未經過幾回合，便自行倒斃了，大家才知道，原來這隻大蟲是紙糊的，這自然是再滑稽不過的事。雖然在這樣的「大蟲」之下卻生了甲蟲與其他的昆蟲、毛蟲、小蟲等類，更鬧得使人不堪。

他們雖是這樣的喧鬧著，但仍舊掛了「人」的招牌，如同在初期時一切奇異的動物合夥使用「人」的古禮一樣。為什麼他們都要借光於「人」呢，我不知道，也許「人」的世界還是比別的世界好些之故罷。

現在惟有將他們姑且分類的來說：

（一）人而獸者——在我們的鄉里有這樣的說法：玩把戲的損失了人家的小孩，將皮膚割開，用新剝下來的狗皮蒙上，再將舌頭割掉，到了能在人前獻技的時候，便命其名為「毛人」，其實也可說為「狗人」。現在的所謂知識階級，「學者」和「紳士」們，就為了要賣身於什麼系什麼會，不得已將自己吸淡芭菰吃大菜的嬌貴的白胖的身子，弄得血肉狼藉，再蒙上一身狗皮，有了這身狗皮，如同玩獅子似的，於是向人們擺出「學問」、「道德」、「理性」的架子來，甚至毫無羞恥地覺得還是「光明」（這光明也許是陳死人墓地上的鬼火，在天陰的夜間才出現）。在半人的時期，大家都想從畜生而蛻變成人，現在他們反要將人身變成畜生，總以能得一身狗皮而榮幸，足見現在的世界也並不「江河日下」，並且「下」字還應當改作「上」字，這是很可使衛道的先生們自慰的。

（二）獸而人者——這一類正同狐狸在空山裡，「誰說我不是人，我偏是人」玩的一樣的把戲。他們拚命模仿「紳士」的雅量，「學者」的沉默，心裡一向滿懷著陰狠、卑劣、惡毒。他們的工作，不在人前，不在光明之下，終日在暗地裡簸弄、尋求、鼓動。有時候摸出「公理」兩個字，他們便掛起「公理」的牌子來，不過經不了一晝夜——其實一頓酒飯的時光，便自行消滅了。是「公理」的牌子太重呢，還是向來就伸不起腰來呢？倘都不是，那便是「人」終於不容易模仿了。這硬將自己的獸皮剝下，穿起人衣，未免太悲慘；即使不這樣；老爺、太太、總長、局長，又何嘗不能賞賜點殘湯剩飯與安煖的草窩呢？

（三）似人似獸——這一類更使人噁心，而且更不容易應付。狗或其他的畜生，很不困難的我們便可以認識，遇見時或打或避，總不至於使我們大吃虧。但牠們似人似獸的動物，雖然大抵顯著牠很漂亮的面孔，但不自覺的卻又發現了牠拖著長的尾巴，儼然又是畜生了。今且分作三類罷：

（一）牠們的主旨是中庸、妥協，A固不好，B也不對，有時「像煞有介事」的狂熱，同時是冰冷到使你寒心。

（二）牠又是兩面討好，在「人」的面前，牠說你有兩條腿；在「獸」的面前，牠卻說我分明拖著尾巴。要是「人」的勢大，牠可以低首下心而服事你；要是「獸」的勢大，牠也可以不客氣地奉上一口；你打了牠，有時牠可安然地受著，有時卻使你時時刻刻不安的「緊防咬腿」！

（三）一面是從中挑撥，一面裝出「正人君子」相，前來調和，「帶住帶住」的叫著，其實牠是借了人家的刀矛，來中傷你，同時牠又來做好人。牠自命是超然、高尚，其實是卑竊、下流。挺身而出的強者的根性，大概是先天就缺乏，不得已，只有以微笑向人作鬼臉，好從中占點便宜。

五、煞尾

從多方面看來，我們證實了「人」與「獸」幾有不可分解的關係，那麼，今日的「人」而為「獸」，「獸」而稱「人」，都不能算做稀罕，雖然「人」和「獸」所走的路終歸不會是一樣。什麼時候：人頭變作了狗頭，或其他的獸頭，兩條腿和雙手，變成了帶甲殼的蹄子，兼曳著長而毛茸茸的尾巴？這時候，這才反璞歸真，至少要達到了「羲皇」時代的文化——也就是我們現代的「紳士」、「學者」所祈禱的「學問」、「事業」、「理性」的成功！

病中漫語

在朋友們的面前，要是談到健康，我總不願說我是萎弱，雖然我的身軀從沒有強健過。老是帶有一種害肺病的顏色，與委靡不振有如吸食鴉片者的精神，二十餘年，都是這樣困頓於萎弱中過去了。

我以大主宰的緣法，竟生於這古老的民族裡，更不幸而承受這古老民族的萎弱。母親是常常地說，就是今年的暑假中，家人夜話時，母親猶時常提起。據說在嬰兒時，我確是強壯的，但是第一次到外祖母家便病了，不幸病得很糾纏。這時候，三舅父驟然得了瘋症，時發時止，正疲於醫治。外祖母為了自家的兒子，與人家人的外甥，心力都勞瘁了。三舅父的瘋症，幾乎到了不治的末路，同時我的病也危險可怕。老人的心是紛亂著，眼巴巴地望著這急難竟無法挽救，不得已於渺茫中希求神助，在午夜裡，向著偉大的天空，愴然地敬禮，磕著響頭，懇切地默禱著，萬一三兒不給醫治，外甥總得要賜與平安的。

我是漸漸地好了，可是已非初到外祖母家時的我了。消瘦，萎黃，已為老大的今日，留下了預兆。外祖母為著這種憂慮，故教母親遲遲地回去，還是希望著，稍遲或能恢復強壯的。但是終於不能夠，不得已回到家時，祖母驚異地說，「孫兒被人家換去了！」

從此我的健康便失卻了，雖然我還不像有些人年年月月在那裡同著疾病作了鄰居。這次是沒想到，來京不一月便病了。不習於疾病的我，自然在平常從未有了解過這種滋味；朋友們也不常病，這樣地少與疾病接觸，以致我於這種滋味，更是漠然。病大概是不重的，然而已經夠難受了。躺著，靜靜的躺著，尤其是這一隻頭顱，是不能輕於移動的，臥著或起立，坐著或左右傾，都是破裂一般的疼痛。

要不是因循，自然不會漸漸地加重。終於抵抗不了這病魔的苦痛，於是在藥房裡買了一種藥片，據說這是專治頭疼而有極大的效驗。服了，便立刻想驅除了這所感受的不堪的苦痛，但牠竟不能如我所想的這般輕快。默默地忍受著罷，而又不甘於這樣的苦悶，唯一的消磨——也可以說藉以尋求安慰——便是一字一字地讀著藥片的發單，在淺顯的單簡的文句中，牠誇耀牠的靈驗，那「藥到病除」四字的力量，正與我所設想的與我所希求的完全一致，雖然事實並非如此。

負了苦痛的軀體在床上輾轉著，月色布滿了窗櫺，夾竹桃枝葉交叉的瘦影，迎了夜的秋風，在窗前微微地搖曳著，這種景象，極似江南修竹裡的茅庵風味。以這樣美妙的靜夜，一瞬間曾作了清妙的默想；忘卻了置身在這樣煩亂的京城，幾以為是深山的隱者。但是猛然覺著病，便不舒服起來，默想也因而變易了。這時曾默想到死，但並不新奇，不過是無聊的表現而已。

病人的心理，總是愛作死的默想罷。這是七年前的事了，那時我在漢口的一個中學裡，偶然得了沉重的感冒，臥在三層樓上，這靜寂的高樓，連同學的喧聲都隔絕了。有時只能聽著的僅是樹杪的飄蕭，與麻雀的嘈雜而已。我獨自一人，除了叫苦的呻吟而外，便將鏡子放在床裡，對著鏡子，扮出種種彌留時的死相。但是雙眼並不緊緊地閉起，因為自己總還得要看一看這種死相的。熱度漸高，神志昏眩的時候，便模糊地感到自己臥在竹床上，渡過了漢水的支流，奔馳在崎嶇的界嶺上，不懈地向故鄉進發。病人之望醫者，有如祈禱者之望聖靈。而臥病在異地的遊子之望故鄉，卻與盼望醫者並重。大抵是以為故鄉的一山一水，都是卻病的良藥。至於溫和的家庭，更不待說了。所以臥在遙遠的地方，孤零零地沒有朋友，或所親愛的，那悲哀的心懷，更易於蒙上鄉愁的薄膜。

秋風勁厲，綠草亦盡萎黃，這正是荒涼大地的深秋。病人有如萎草，棉衣重重，猶不堪這深秋的涼意。曾一想到：獨自出城，隻騾漫遊西山，在夕陽裡，在騾背上，細玩著秋林紅葉，也可以輕鬆了病中沉鬱。但一覺著秋風惻惻地逼來，卻又畏怯得如沙場逃歸的戰士。三日前，是舊俗的重陽節，回憶前年在故鄉時，這一天猶著單衣，提著手杖，矯捷遊山的興致，已非今日病態龍鍾可比。

偶然在院中看見房主人買了黃菊數株，因而想到故園的籬菊。重陽以後，便含苞吐放，那時不特叔父是終日忙碌菊事，就是疏放的我，也執著花鍪，在菊根下輕輕地將土掘動，好從地下移到盆裡。似這般極有清趣的勞力，就從未覺著疲乏。然而現在呢？人是在病著，天氣卻這樣的悽清，雖然時節與往日未曾變易。

涼月的清暉，籠照著蕭瑟的庭樹，時一風吹，秋葉沙沙地響起；小病半癒，意緒更覺茫然，百無聊賴中，拉雜寫此。

記張大千

大千以畫筆震海內，而性復喜收藏，遇有精品，雖數千金不之惜，故大千寓北平時，廠估日集其門，大千於廳事置巨案，日據坐其間，展軸翻閱，剖剔毫髮，審別妍媸，俱臻妙理；廠估亦驚其識鑒，不敢以舊制進，故大千所得宋元以來精品獨多。去年夏初余為吾友霽野證婚，由青島去北平，七月二十日舉行婚禮於中山公園之來今雨軒，是日大千由蘇州回平，來此茗坐，晤談甚歡，並約至其寓觀其所藏。乃時事日裂，大千隱於頤和園，余亦間關南歸。從此南北阻梗，消息不通，然大千起居，時縈於懷。今年七月，余侍親攜眷過宜昌，因全家病困，不能西行，時大千令兄善子先生亦流寓此間，一日善子先生欣然謂余曰：「大千來電，已抵上海矣」。余不禁為之快慰。蓋以大千之重名，輕離敵人範圍，實多困難。大千卒以計脫敵人之環伺，並攜其收藏以歸，世之知大千者當知其苦心也。今大千將展覽其近作，為前方戰士募寒衣，斯真能盡其所有奉獻於祖國者。余原擬來渝，踐去年危城之約，竟以事不果。頃大千遊北泉歸，以兩夜倣松雪筆「竹溪艇子」寄余，風骨道上，直追宋元而無愧色。世但知大千為石濤為大風為雪箇為老蓮，或不解其近日之造詣。《容臺別集》云：「項孔彰畫，眾美華臻，樹石屋宇，花卉人物，皆與宋元人血戰。」余於大千之作亦云然。

談「倭寇底直系子孫」

曾在十一期的《七月》上，看到鹿地亘君的〈關於戰時的日本文學〉一文，裡面引了日本「有名的社會主義作家林房雄」的從軍中國的旅行記，有這樣的幾句話：

誰能夠保證在我國國民底血管裡面沒有流著六百年以前的血液。據說倭寇底出身地方主要是薩摩、肥後、長門、大隅、筑前、筑後、和泉，現在威嚴地壓制往南支那海的我國海軍底將兵裡面，或許就有倭寇底直系子孫。就是暈船暈得狼狽不堪的我，一望到那個以前的倭寇底根據地，就馬上展開了浪漫的空想底翅膀，忘記了胃痛，思緒遠遠地馳向了香港暹邏印度洋。……倭寇不是簡單的海賊。時常順著風渡到南支那海，劫略大明國底海岸，並非毀壞本國同胞的小偷，是日本民族底活力底氾濫。

關於倭寇是「日本民族底活力底氾濫」，鹿地亘君已經有很好的說明。這裡我要說的，是給這位「有名的社會主義作家林房雄」的「空想」一種歷史的根據。不僅現在日本的海軍而且現在日本的陸軍，他的血管裡，同樣流著當年倭寇的血液。我們有很多的書都是記載倭寇的，如《嘉靖平倭通錄》、《備倭記略》、《明代廣東倭寇記》、《倭變事略》、……等類專書，現在我隨便舉幾條，就足夠證實了林房雄的「空想」。如查繼佐的《罪惟錄》中〈日本傳〉云：

正統四年，寇大嵩，入桃諸，官庾民舍，並見焚灼。驅掠少壯，發掘塚墓，束嬰孩竿柱，沃之沸湯，視其啼號為笑樂。捕孕婦忖男女，刳視之，以中否為勝負。城市蕭條，過者隕涕。

又如明范濂的《雲間據目抄》云：

四月初五日，倭五百人，由上海陸道，抵松（松江）東門，進逼城下，掌教韓崇福，射死二酋。自吊橋放火，北抵俞壙，南抵板橋，約七八里，煙焰燭天，三晝夜不息，城中震恐。時一染坊，有二女頗豔，以足小，倉卒不能走避，父母用大染缸

> 覆之，竟付烈焰，見者揮涕太息。韓氏一門爭死，韓號似松，……群倭兵似松，其妻號救，倭並殺之；子號母，亦遇害。至十二月初五日，賊乘夜雨雪，入青村所，城軍皆酣睡不覺，劫擄財帛婦女，悉歸巢穴，縱火城樓，殺死二千餘人，一城為空，此倭後多疫死。

這是記嘉靖三十三年的事。按正統四年為公曆一四三九年，距今將及五百年；嘉靖三十三年為一五四四年，距今近四百年，林房雄所謂「六百年前」，不免追懷到更遠的祖宗身上去了。

乍看引來的這幾段，幾乎會當作目前日本軍獸行的記載，因為在新聞紙上，在中國人的心上，都印著與這類似的事實，林房雄是從軍的文學作家，一定會展眼看著這獸行的發展——也就是「日本民族活力底氾濫」！而林房雄竟以「誰能保證」及「或許就是」的口氣出之，其實不算「空想」，更不必猶疑，也用不著遺傳學的研究，單拿過去同現在的事實對照一下，也就證明了。「現在威嚴地」的你們的海軍或陸軍，他們的血管裡，不都是流著五百年前的倭寇的血液嗎？雖然日本近些年學了一套資本主義的文化，而倭寇代表的「日本民族的活力」，卻永遠保存在血液裡，所以這一次又「氾濫」在中國的領土裡了。這是倭寇的子孫光榮的偉舉，能不值得歌頌嗎？尤其是「有名的社會主義作家林房雄」！即使在船上發暈，也會清醒過來，感謝倭寇祖宗留下的英雄的血液！

屈膝於猙獰的軍閥之前，而舐其刺刀上的鮮血，以博得主子的笑樂，我們是深切的認識了這位日本「有名的社會主義作家林房雄」了！自然不止林房雄一人，從軍來華的不是還有許多日本的作家嗎？但是，敢於正視軍閥的狂暴，而撕毀其強盜旗幟的日本作家，還是有的。林房雄一流人物不過一時的小丑而已。例如中國每一個黃帝的直系子孫，方揮其血汗站在民族的崗位時，也有「發國難財」的，也有「作國難官」的，甚至於妄想取消英勇的抗戰以及具有血腥的筆墨，打算逃進卍字的搖籃裡的。不過，這不一定就是黃帝的直系子孫，正和日本人除了「現在威嚴地」軍閥與「有名的社會主義作家林房雄」等外，不一定就是「倭寇的直系子孫」，是同樣的道理。

話又說回來了，林房雄所歌頌的他那英雄的祖宗，「時常順著風渡到南支那海，劫略大明國底海岸」的倭盜，其結果怎樣呢？也有很多的歷史先例在，這裡用不著徵引了。反正我們不久會聽到林房雄一流作家為他們的主子唱出滅亡的葬歌！

國際的戰友

這是我生平第一次招待外賓——當然不止我一人，但那興奮與高興的心情，大家都是一樣的。然而一提到招待外賓，往往會聯想到一個堂皇而且帶著極歐化的場面。至於我們這次招待，卻是非常簡陋的，地點是一個鄉鎮的小學校，不是什麼外交大樓或是什麼了不起的地方，如「塘沽」一類的名勝。吃的是雞子和蛋糕，不是什麼大菜，連燒酒都沒有，自然說不上高舉著香檳酒的杯子了。

時間是初夏傍晚，我剛從學校回到家裡，就接到校長那裡送來一封信，要我即刻去學校。我到了學校時，見許多小學生擁圍著幾位教師，各人面上透露著喜悅的神情，在院子裡自由的談著話。他們見我來了，爭著告訴我：

「聯保辦公處接區署的電話，有三位××的飛機駕駛員從這裡經過，明天一早去漢口，辦公處托我們招待。」

「好極了，別的不成，這倒是我們歡迎的啊！」我說，這意外的外賓容易使人興奮。「那麼，我們得給他們預備晚餐呀！」

「不必了，」校長說：「辦公處來人說，一切都是他們預備，只請我們招待。」

這小學校舊址是一所古廟，大殿是明三暗九的，棟梁上還遺留著斑駁的彩畫，朱漆的石柱子，已經褪了顏色，雖然是這樣，還不失為一座莊嚴的建築。這在平時作為寄宿學生的飯廳，今天我們帶領學生，一起動手，將那油膩的桌子板凳，統統搬開，單留下兩張桌子，排直放在正中，上面鋪了幾張白紙，這就是我們招待外賓的餐桌了。

我們略略布置了以後，鎮上的學生有些聽見這消息，也來了不少，我們都集在大院子裡，坐著的，站著的，有的談笑，有的唱歌，此時四十歲以下的教師和七八歲以上的學生，都是有著一樣的心情，熱烈的期待著我們的國際的戰友！

「不是說六點鐘到麼？為什麼還不見來？」大家不免懷著一顆焦急的心，有如等候情人之約，就是遲了一分鐘，一秒鐘，心裡也會騷動的。

期待不久，我們的國際戰友到了。在大人小孩的歡呼中被招待在鋪了白紙的餐桌前坐下。他們是騎馬來的，聽說先是縣政府預備了轎子，他們謝絕了，他們是被人類的平等的愛養育大的，怎能夠將自己的身子被在別的弟兄的肩上？隨他們來的只有一個引路兵，我們以為不滿意的，雖然這在以官為業的縣長眼中算不了一回事。更奇的，這引路兵並沒有被我們招待，也昂然坐在我們眼中的貴賓的對面，像是請來的陪客。我們請他到辦公處休息去，他囁嚅著，屁股動也沒有動。但我們的來賓，雖說剛到中國兩三個月，竟認識了這國度裡的不堪風尚，其中一位從口袋裡拿出一張拾元的法幣，給了引路兵，他立即欣然的接著走開了。這時，我們中惟一的能說幾句×國話的趙君同他們說：

「同志，用不著給他錢！」

「不，」他笑著說：「我們的錢，他一樣可以用的。」

「他在路上向同志要錢了麼？」趙君又問。

「沒有！」搖搖頭。

那引路兵當我們面前掠劫了我們的國際戰友，我們只有羞愧的苦笑著，而我們的學生卻激越的憤怒起來，他們幼稚的心靈裡，尚不知道這種不正當的勾當，等於憲法上有了規定似的。一個平凡的引路兵，一下可以得到一筆月薪一樣多的錢，又豈是偶然的事麼？

他們三人，第一次給我們的印象，便是身個都不高，同我們的高度彷彿，和我們習見的大個兒，鷹鼻子，穿了筆直的西服，高視闊步的外國人完全相反。一人頭上裹著白布，因為他們追擊敵機，時間過久，汽油完了，落下時受了擦傷，一人是手腕上裹著白布。他們親切的兄弟一樣的對我們微笑，並不需要語言的表達，彼此的熱情，合流著，即使我們的幼小的學生，也會這樣感覺著。

為了他們的疲乏和飢餓，我們又遇到了一種意外的窘迫，先是聯保辦公處說什麼都是他們預備，那知他們什麼也沒有預備，大家熱情的歡迎著這三位來賓，可是單憑熱情醫不了我們的來賓的飢餓啊。學校是我們幾個人勉強支持起來的，它是無產者，它的廚房空無所有，還抵不上一個普通人家的蓄藏，又在鎮外，一切都是不便的。

「這種東西就可以當麵包了！」他們取出剩下的幾塊蛋糕給我們看，於是趕急派人到鎮上買了一包來。但是蛋糕是甜的，只能算點心，似乎還得招待他們一點別的東西，想來想去，惟有雞子，一則因為作起來快，再則雞子在外國也是普通的食物。我的意思，想仿火腿雞子的作法，因此我自告奮勇去作。一到火廚，見那煮飯的大鍋，又深又大，沒有辦法了，只得改變作風，油煎罷。等到油滾了，雞子打下去，立刻爆起來，成了碗大的白絲網，怎麼？不禁有些狼狽。有個同事的走過來，看了一看，叫道：

「油太熱了，油太熱了，畢竟是外行！」

我勉強煎了十幾個，招待了他們，即此算我們所供給的盛饌了。

在吃雞子的時候，趙君問他們喝酒不喝酒，一位搖搖頭，同時又裝酒醉暈倒的樣子，惹得大家會意的哄然大笑。吃了以後，他們問這地方去漢口多遠，又問六安派來送他們的汽車到了沒有，趙君一一的告訴，他們很高興，他們是渴望著回到漢口的。

「明天早晨還是給他們雞子吃麼？」一同事躊躇道。

「我家裡昨天送來一隻母雞，」又一同事說：「問問他們，要喜歡吃，就宰了！」他一邊說，一邊跑出把那雞提了來，雞是「吱吱」的掙扎著，遞給了趙君。

「喜歡吃的！」他們天真的坦率的答覆了趙君。

那同事像中了頭彩似的高興，提了那小小的生物，馬上跑到廚房把它宰了。鄉間有所謂「問客殺雞」的話，這是諷刺主人的，我們竟這樣作了，然而這場合，沒有世俗的諷刺，也沒有虛偽的形式，有的只是兄弟般的真摯！

第二天，紙窗上透出微微的白色時，我們都起來了，大家一起忙著燒開水預備早餐。而我們的學生，卻已自動的散在鎮上了，在模糊的晨光中，他們輕輕的敲同學的門。不久，二百多學生統統集中在學校的院中了。

動身了，我們的學生排成隊伍歡送，一路高唱著雄壯的歌，經過三里長的市鎮，鎮上的青年、老人、婦人、小孩，莫不被感動的以熱情目光送著我們的國際的戰友！

到了汽車站，他們三人中的一人，先和我們握別，又和學生們一一握別，其中幾個幼小者，有伸出左手的，有伸出拳頭的，有只顧出神忘了伸出手的，他都親切的微笑著給他們改正過來。然後請趙君轉致他們的謝意，說：

「這盛意實在不敢當，要知我們都是一體的，不過你們在後方，我們在前方而已。」

這是極簡單的幾句話，又是極無盡的流著真純的人類的愛！

二十八年一月十日追記

「士大夫好為人奴」

明末的吳三桂，為了愛妾陳沅被李自成所擄，於是一怒而投降關外，並且引導清兵乘虛入據中國，這便是詩人吳梅村的《圓圓曲》的本事。而「慟哭六軍盡縞素，衝冠一怒為紅顏」的名句，尤為後人所豔稱，畢竟是「英雄兒女」。讀《四王合傳》的〈吳王傳〉，覺得這位吳王確是有野心的人，如：

三桂自討闖賊平藩以來，幕府故舊，散亡殆矣。乃擇諸將子弟及四方賓客資性穎敏者，授以黃石素書，武侯陳法，以備將帥之選，一時少年浮誇之士，人人自以為大將材也。

這一批少年將選，都是家孫子，最放心不過了。但是這〈吳王傳〉，據傳以禮的《華延室・題跋》云「是書脫誤甚多」，現在我們要詳細知道這位大英雄的史跡，單憑這薄薄一本的〈吳王傳〉，是不夠的。即如他對於他的幕府文臣是怎樣蓄養出來的，這傳裡並未提及，卻從劉健的《庭聞錄》裡知道一些：

知縣以上官有才望素著者及儀表偉岸者，皆令投身藩下，蓄為私人。崐初至滇，胡國柱代王報謁，遣客道意，袖出馮某投身契一紙云。立賣身婚書，楚雄府知府馮甦，本籍浙江臨海縣，今同母某氏賣到平西王藩下，當日得受身價銀一萬七千兩，後署媒人胡國柱。崐常言滇中有三好，吳三桂好為人主，士大夫好為人奴，胡國柱好為人師。凡賣身者皆師事國柱也。國柱號怡齋，順治甲午舉人，與夏國相郭壯圖皆三桂愛婿。（據《晚明史籍考》十四《吳逆取亡錄》引文）

崐即作者劉健之父。「賣身契」與「士大夫」聯繫在一起，驟然聽來，真有佛頭上著軋矢橛一樣的瀆褻，然而這竟是事實。「賣身契」，大概同後來的賣妻子賣兒女的契文相彷彿，所不同者，這裡是自賣而且大書著官銜，若在馮老太太這一方面看來，馮知府又是賣主，此所以名之為「賣身婚書」也。我曾看過賣妻子的契文，後邊紅紙上印著赫然的黑墨手記——一隻枯弱的手掌，但不知這「賣身婚書」上有馮知府的手記否？

話又說回來了，吳三桂是深知反戈內向的甘苦的，一旦身為人主，故早為之防，於是變百官為奴隸，選將帥於奴子，如是滿朝文武，沒有不「聽話」的，況已經有賣身契約在先，便永遠是吳家的人了。而賣身者的領袖已是自家姑爺胡國柱，更可靠了。所奇怪的，三桂成為大周皇帝的時候，不久清兵壓境，而其多年豢養的文武百官竟紛紛的投降了敵人，最後氣死三桂的即他的姑爺胡國柱。時值中秋佳節，三桂方擁歌姬，臨軒玩月，忽而消息傳來，親軍金吳衛大將軍武英殿大學士并駙馬爺胡國柱領全國叛變了，三桂大叫道：「吾事去矣！」嗚呼了！

不知吳府大事去了以後，馮知府可攙了老太太再作一筆生意否？

魯迅眼中的汪精衛

偉大的民族自衛戰發動以來，已經兩年多了，所不幸的，在抗戰的前一年竟失去了我們文化界的巨人魯迅先生！而這短短的兩年歷史的洪流，曾掀起了民族的精誠的團結，也曾洗除了許多民族的敗類，最無情的是剝露了「無恥之極」的汪精衛的嘴臉。過去的汪精衛被隱藏在中山裝裡面，躲躲閃閃的，但是在我們的巨人魯迅先生眼中，他是精光裸露著，這巨人的眸子如太陽，如燃犀，山中老魅也好，暗室群鬼也好，都是逃不了這巨人照視的！今值魯迅先生逝世三週年紀念，謹將他在幾年前論汪精衛的話，摘抄寫來，一則作為紀念，一則可以知道這巨人的觀察是如何的令人傾服，同時更使我們知道在民族鬥爭的時代，失去我們偉大的導師，該是如何的損失！

一、汪精衛：蚯蚓，鯽魚。

日本的吉岡文六論汪精衛道：「從這位小白臉的青年（即指汪精衛），我馬上就連想『蚯蚓』來，不知不覺中，總是有『蚯蚓』的感想，盤旋在我的腦海裡。這個蚯蚓人物，就是汪精衛。」因為蚯蚓之為物也，伸縮自在，忽伸忽縮，忽縮忽伸，今彈此調，明奏他曲之意。這固然不失為汪精衛畫相之一，但魯迅先生在民國二十二年就給這位「蚯蚓」人物作了一幅具體而深刻的速描。試看：

……今之名人就又不同了，他要抹殺舊帳，重新做人，比起方法來，遲速真有郵信和電報之別。不怕迂緩一點的，就出一回洋，造一個寺，生一場病，遊幾天山；要快，則開一次會，唸一卷經，演說一通，宣言一下，或者睡一夜覺，做一首詩也可以；要更快，那就自打兩個嘴巴，淌幾滴眼淚，也照樣能夠另變一人，和「以前之我」絕無關係。淨壇將軍搖身一變，化為鯽魚，在女妖們大腿間鑽來鑽去，作者或自以為寫得出神入化，但從現在看起來，是連新奇氣息也沒有的。（見〈查舊帳〉）

綜觀汪精衛一生：從刺攝政王到擁護袁世凱，從十三年國民黨改組到武漢大革命——從「向左來」又「向右去」，從九一八後回國到被刺未死出洋，從西安事變投機回國到去日本東京磕頭止，其中曲伸變化，不悉如魯迅先生所云麼？

二、汪精衛：小丑，老鴇，花旦。

吳敬恆先生云：「且以雙簧論，汪氏歪戴了小帽，面心裡塗著白粉，在臺前演手舞腳，近衛在他屁股頭大唱『新秩序』，汪氏的手腳應絃合節，不啻若自其口出，突然換了蔣先生在他背後，痛駁『新秩序』，汪氏就在臺前呆若木雞，手腳都殭著不動。……」吳老頭兒但於今年看見汪精衛表演的「二衛雙簧」，殊不知他還是一個頂瓜瓜的花旦兼老鴇，魯迅先生雖然反對男扮女妝的藝術，卻也能道出這花旦的妙處，如云：

……出場的不是老旦，卻是花旦了，而且這不是平常的花旦，而是海派戲廣告上所說的「玩花旦」。這是一種特殊的人物，他（她）要會媚笑，又要會撒潑，要會打情罵俏，又要會油腔滑調。總之，這是花旦而兼小丑。不知道是時勢造英雄（說「美人」要妥當些），還是美人兒多年閱歷的結果？

美人兒說「多年」，自然是閱人多矣的徐娘了，她早已從窰姐兒升任了老鴇婆；然而她風韻猶存，雖在責人還兼自責。自責容易，而責人就難些。……你想想：現在的壓軸戲是要似戰似和，又戰又和，不降不守，亦降亦守——這是多麼難做的戲。沒有半推半就假作嬌癡手段是做不好的。孟夫子說，「以天下與人易」。其實，能夠簡單地雙手捧著「天下」去「與人」，倒也不為難了。問題就在於不能如此。所以要一把眼淚一把鼻涕，哭哭啼啼，而又刁聲浪氣的訴苦說：我不入火坑，誰入火坑？

然而娼妓說自己落在火坑裡，還是想人家去救她出來；而老鴇婆哭火坑，卻未必有人相信她，何況她已經申明：她是敞開了懷抱，準備把一切，都拖進火坑的。雖然，這新鮮壓軸戲的玩笑卻開得不差，不是非常之才，就是挖空了心思也想不出的。（見〈大觀園的人才〉）

這是遠在五六年以前魯迅先生的「花評」，而最近政治部陳部長的談話（八月十八日），正可舉來對照以下。陳部長說：「他裝腔作勢，大都是玩的買空賣空的把戲，計自汪逆離渝之後，不說他對某將領有絕對把握，便說與某將領有什麼關係，或聯絡，可是結果經各將領直接間接痛斥之後，便老羞成怒的大肆攻擊，來誣蔑全國的忠勇抗戰將士，諸如此類，無一不證明他是一個招搖撞騙的敗類。」不是魯迅先生說的「雖在賣人，還兼自賣，自賣容易，而賣人就難」麼？陳部長又說：「但是汪逆做日寇的幫兇，倒並不是最近才開始的，從『九一八』事變以後，汪逆一方面簽訂『淞滬協定』『塘沽協定』，同時提出『一面交涉，一面抵抗』的口號，表面上是叫我們準備，骨子裡卻是要我們妥協軟化，使日寇容易達到不戰而屈中國的陰謀」。這不是魯迅先生所說的「似戰似和，又戰又和，不降不守，亦降亦守」的醜戲麼？

魯迅先生還編過一齣「平津會」雜劇，主角為一丑一旦，丑是放棄熱河的湯玉麟，旦就是今日的汪逆——當日行政院長汪精衛氏。姑且引一段看看，足見他不僅現在會串演雙簧，而花旦也正是他身分。

（丑攜包裹急上）：啊呀呀，噲噲不得了！

（旦抱丑介）：我兒呀，你這麼心慌！你應當在前面多擋麼幾擋，讓我們好收拾收拾。唱：

【顛倒陽春曲】

背人摟定可憐湯，

罵一聲，枉抵抗。

戲臺上露甚慌張相？

只不過理行裝，

便等等又何妨？

（丑哭介）：你們倒要理行裝！我的行裝先就不全了，你瞧。（指包裹介）。

旦：我兒快快走扶桑，雷厲風行查辦忙。丑：如此犧牲還值得，堂堂大漢有風光。

（同下）

「戲臺上露甚慌張相」？終於沉不住氣，南京退卻時，他露了一次慌張相；武漢退卻時，他又露了一次慌張相。最後，果真整理行裝，快快逃往扶桑「刁聲浪氣」去。這正如吳敬恆先生說：「他無論如何能學孫悟空的善變，終變不了那條尾巴，人家看了，祇是一位畜生！」換句話說，不管他翻多少觔斗，依舊逃不了魯迅先生光芒四射的照視！

三、「會看太白懸其首」

吳敬恆先生又說，「你（指汪）這樣不能忠於職務，豈不是小鬼見了你都會怕，所以不敢要你命嗎？你要小心，我想到相當時間，定會給你一個殷汝耕式的下場。」又替張繼先生設想，「張先生甚至追悔，不應在南京中央黨部前，冒險抱住刺客，救一無聊之人。」這些都是吳老頭兒給汪精衛算命的話，其實這一代大漢奸的命運，魯迅先生早已看得明明白白的了。——又是五六年以前，魯迅先生有一篇詩和豫言就說明了，這裡將全文引在下面：

豫言總是詩，而詩人大半是豫言家。然而豫言不過詩而已，詩卻往往比豫言還靈。例如辛亥革命的時候，忽然發現了：

「手執鋼刀九十九，殺盡胡兒方罷手。」

這幾句「推背圖」裡的豫言，就不過是詩罷了。那時候，何嘗只有九十九把鋼刀？還是洋槍大砲來得利害；該著洋槍大砲的後來畢竟占了上風，而只有鋼刀的卻吃了大虧。況且當時的「胡兒」，不但並未「殺盡」，而且還受了優待，以至於現在有「偽」溥儀出鋒頭的日子。所以當做豫言看，這幾句歌訣其實並沒有應驗。——死板的照著這類豫言去幹，往往要碰壁，好比前些時候，有人特別打了九十九把鋼刀，去送給前線的戰士，結果，只不過在古北口等處流流血，給人證明國難的不可抗性。——倒不如把這種豫言歌訣當做「詩」看，還可以「以意逆志，自謂得之。」

至於詩裡面，卻的確有著極深刻的豫言。我們要找豫言，與其讀「推背圖」，不如讀詩人的詩集。也許這個年頭又是應當發現什麼的時候了罷，居然找著了這麼幾句：

此輩封狼從瘈狗，生平獵人和獵獸，
萬人一怒不可回，會看太白懸其首。

汪精衛著《雙照樓詩詞稿》：譯囂俄之〈共和二年之戰士〉。

這怎麼叫人不「拍案叫絕」呢？這裡「封狼從瘈狗」，自己明明是畜生，卻偏偏把人當做畜生看待：畜生打獵，而人反而被獵？「萬人」的憤怒的確是不可挽回的了。囂俄這詩，是說的一七九三年（法國第一共和二年）的帝制黨，他沒有料到一百四十年之後還會有這樣的應驗。

汪先生譯這幾首詩的時候，不見得會想到二三十年之後中國已經是白話的世界。現在，懂得這種文言詩的人越發少了，這很可惜。然而豫言的妙處，正在似懂非懂之間，叫人在事情完全應驗之後，方才「恍然大悟」。這所謂「天機不可洩漏也」。

當前（在事情完全應驗之後），我們重新溫一溫這名文，想想看：這才叫人「拍案叫絕」呢，這才叫人「恍然大悟」呢！但是，我得重複一下：

「萬人一怒不可回，會看太白懸其首」！

四、魯迅先生不是豫言家

魯迅先生不是豫言家，更不會算命測字。但是，他看汪精衛何以能這樣的照徹骨髓？有人說，「他用顯微鏡和望遠鏡觀察社會，所以看得遠，看得真。」我想這話是對的。有如寄藏在人體裡的毒菌，從毒性沒有發作起，直看到肆虐與滅亡止，像汪精衛在他眼中所表現的，就是鋼鐵般的事實。

填平恥辱的創傷

他被引進我的客廳裡時，披著蓑衣戴了一個小斗笠，膝蓋以下，全是泥漿，腳上草鞋塗滿了黃泥，像北方冬天的氈鞋。斗笠上蓑衣上積了一寸來厚的白雪，忽然遇著屋子裡木炭的暖氣，即刻溶化了，滴滴答答的下流，溫暖如春的客廳裡，頓時被潑了一灘水。他是這樣的一個不速之客闖進客廳裡，然而，他正是我們所期待的客人。

僕人接過了斗笠和蓑衣，他的眼光向客廳裡一掠觀，馬上用了粗野的姿勢坐在火盆旁的椅子上，兩隻腳踏在火盆邊上，躬著腰伏下身子，幾乎把他的胸懷貼在火炭上。這時，客廳裡還有幾個朋友，他們知道這位客人的來意，都不辭而去的走開了。客廳裡剩了他和我兩個人，他從容的昂著頭，對我看了一下，立即發現了我是這客廳的主人，說：

「你老就是T先生罷？上面派來的委員呢？」

「K委員就住在這裡，你先休息休息，他剛出去，不久就回來了。」

僕人端進來一盆熱水，拿了鞋子，請他洗腳，他拒絕了，說：

「不用了，等委員回來，談談就走，他們今天晚上等咱回話呢。」

我想，他能當晚趕回去，正是極好的事，他們一群，能早一天就範，老百姓便少一天騷擾。於是我同僕人說：

「快開飯來，」同時又問他，「走了半天路，餓了罷？」

「餓是餓了，路也太難走，盡是泥水！本想在街上買點吃，再到府上來，那知什麼都沒有，家家關門閉戶的。唉，說起來真不是事，連累得老百姓都不安頓。」

「是的，街上人聽說你們兄弟要來，早跑光了。」我淡淡的這樣說。兩天以前，上午街上傳說著一股土匪要竄來，大家半信半疑的，下午風聲越來越緊，到了晚上，簡直紛亂起來了。那晚上，雖然同今天一樣的大風雪，但是誰都鎮定不了，一夜的時間，街上的人大半都逃走了。直到今天，聽說有些人已經知道這股土匪正在預備招撫，都仍舊猶豫著不敢回家。——這情形，我都不好同這客人說，然而他會心的看了我一下，隨即坦白的說：

「要不是那天同上面接上了頭，說即刻派委員來，咱們弟兄真個要到這一方來了。你老不知道，我們有三四百人，老百姓又窮，簡直撈不著什麼，像我穿的這一件小棉襖，咱弟兄們就少有。吃的更說不上，反正弄一頓吃一頓。」他說到這裡，不由得嘆一口氣，彷彿有許多話不好說出似的。忽然伸出他的兩隻大手掌，直伸到我的面前，說：

「你老看！」

他這突然的動作，使我驚訝。他那兩隻手掌真同牛皮一樣的粗糙，而且有些血紅的破裂。他接著說：

「你老看咱這老皮，不是拿槍磨的，都是鋤頭磨的。一年以前，咱還是個莊稼漢，你老莫要當咱是個流氓出身。唉，但願有一碗飯吃，誰也不想提著頭玩。況且這年月人家都忙著打……，咱們在後方幹土匪，真洩氣。話又說回來了，這年月七捐八稅的，莊稼也難幹，咱就是這樣光的，要不，誰幹這一道？」

我明白他內心的苦痛和慚愧，他為了要減輕他的不安，恨不得將他的心翻出來給我看，我同情他和他的一夥。我也明白這種現象發生的原因，然而我是拙於言語，想不出適當的句子來安慰他。他說他是多年的「莊稼漢」，使我更相信他不是個游手好閒的流氓，單看他的外表，就不像一個打家劫舍，久竄江湖的角色。如果不先知道他是個令人不安的角色，一定會疑心他是你的鄰居，或是你的佃戶，甚至是你的傭工。雖然他是個地道的「莊稼漢」，也可以從他的臉上看出幾分狡獪，但是這狡獪，絕不是生活於都市的神經的變態，而是幾千年傳說的被積壓的對於非其同類者的不信任。我又從他的臉上，看出有幾分兇惡，可是這一點我自己卻不能肯定，也許因為我知道了他的底細而這樣感覺到的。

他吃完了飯，我的朋友K委員回來了。他誠懇的說明了他們願意無條件的接受招撫，並且希望上面的命令愈早下來愈好，因為怕久了裡面生出花樣，那時就無法統制了。他的言語有些粗野，卻也能激越的說出他們內心裡的慚愧和不得已的情形。他說：

「你看，咱們這些人，裡面就有一百多口是從前線下來的，現在咱們的輕機關，就是他們的。他們都是好隊伍，不是吊兒郎當的，他們從南京城衝出來以後，就進不上大隊了，十冬臘月，他們赤著腳穿著夾衣。你老看，他們從……的砲眼裡爬出來的，總算給國家出過力，也吃起私的來了。他娘的，人死留名，豹死留皮，同……拚一場，反落個匪名，莫講他們不甘心，誰也不甘心呀！奶奶的，不甘心又怎樣，老百姓不給吃的還算小事，有的還想掠咱們的槍呢。古話說得對，梁山泊是逼上的呀！咱原先就是安分守己的老百姓，不也幹了老二嗎？話又說回來了，官沒官種，賊沒賊種，咱們幾百口子，誰的老子也不是幹這一道的！」

我的朋友K君和他說完，即刻電知上層，三天以後，把命令送下來，隨時就可以去領軍衣了——這在他們同命令一樣的需要，他要走時又和我說：

「咱們有幾個弟兄前些日子掛了彩，打算送到這鎮上的醫院來，請你老多關照，咱們現在私不私官不官的，怕地方有人跟咱們過不去。」

我對他說，願意負完全責任，請他放心，趕快送來好了。他於是欣然的辭了我們，穿了蓑衣，戴上斗笠。我在門口送他的時候，漫天的大雪，正在北風中打旋，他是堅實的踏著雪和泥而去。我不經意看看他的背影，霎時間，使我對於這一個陌生的而且帶著一身恐怖的人，更相信他是生長於泥土而被泥土窒息過的人。

又過了兩三天，雪止了，我從朋友處談天後回到家裡，一個客人正坐在客廳裡等我。這客人是個二十多歲的青年，橢圓的棕色的臉，濃黑的眉毛下，一雙帶有英氣的眼睛，單從他的面貌看去，一點粗野也看不出來，而且具有著一種天賦的溫雅。他見我走進來，微笑的站起來和我打招呼。這時候，不由得使我吃驚這位青年客人，好像曾在大學裡見過似的，或許作過我的學生。看他穿了一件不相稱的短棉襖，腰間繫著一根粗腰帶，膝踝塗滿了泥濘，於是我知道了這青年客人的來意。他微笑的躊躇的站著，像正在搜索語言來介紹自己似的。我不等他說出，便問他是不是送受傷的人來的，於是他告訴我送來了兩個重傷的，三個輕傷的，都停在鎮頭上的飯店裡，希望我即刻派一個人介紹他們到醫院。我找了人陪他去，並且向他說，安置了後，到我家來吃晚飯，他欣然的答應了。

傍晚，這青年客人來了，略略談了幾句話，開始晚飯。我早令人添了幾樣菜，並且預備了酒——但是他一再拒絕了，點滴未曾入唇。

他的性格好像是靜默的，不大喜歡說話，我卻為了他的靜默，倒引起了好奇心，總想從他身上知道些什麼似的，可是試探了好幾句，他只簡單的答覆我，沒有引出其他的言語，他越是裝出「莫測高深」的樣子，越使我納悶。終於，我決定單刀直入了。我問：

「你的貴庚，今年多大！」

「二十三歲。」

「正在做事的時候呀，你幹了幾年了？」

「唉，先生！」他不能自制的嘆了一口氣。「哪有幾年啊，剛剛三個月。說起來真丟人，咱們三個月前從前線退下來的。八一三咱就在大上海作戰，雖說後來咱們退了，倒打了幾次好仗，咱現在還常常夢著那時光景，一聲命令，弟兄們從壕溝裡跳出來，撐破了喉嚨似的喊著殺呀殺呀，該多起勁啊！咱也斃過……，刺死過東北偽軍，……的機關槍也打傷了咱，咱左腿的腿肚，就掛了彩，可沒有動筋，不些時，就好了。後來咱又在南京作戰，那退卻的時候，該多慘啊，咱是抱一條板凳渡過江的，機關槍的掃射，下雨一樣，都沒有射著咱，逃是逃出來了，卻歸不上隊了！這話，現在說起來，真沒意思，為什麼，咱不是落了草麼？你先生不是外人，咱才說呀，真丟臉啊！」

「這怪不得你們，完全是環境逼的，以後你們又可以替國家打仗了。」我一面安慰他，一面對他的話感到意外的驚奇。當他最後說出「真丟臉啊」，他的眼中閃出黯淡的光。

「是啊，我們就希望收撫了以後，趕快把咱們調到前方去。這一道，咱也真幹不慣，這些人，有的是老年，兇得很，什麼事都幹得出來，咱就看不上眼，他們又看咱們是新入夥的，遇事都讓咱們上前，醫院睡著兩個受重傷的，都是咱軍隊裡的弟兄。你先生想，要是因為幹土匪被人家打死了，該多冤！誰也不會對你挺在地下的尸首，說句好話。不說他們，就是咱的左膀子，也受了一下擦傷，現在正結疤，剛才要咱喝酒，咱喉嚨癢癢的，只是不敢端起杯子來，喝了酒創口不好受。」

我看了他一下，果然地那肥胖的棉襖子，臃腫的如同塞滿了棉花，我的心不禁的懊惜道，「真真不值得啊！」忽然他以極關切的神情問我：

「……現在怎樣了？」

「昨天晚上廣播消息，……已經渡過淮河了！」

「怎麼，過淮河了！好，咱拚去，咱不怕……，咱怕的是這一段丟臉的事！」

他興奮的大聲說，失了常態的大聲說，他是從荊棘中發現了坦途，他又要從這坦途爬上人生的高峰。許久許久，我們默默的相對著，然而彼此的心，光澈的映照著，就是將以……的血，填平恥辱的創痕！

一月二十三日追記

《歷史之重演》

偶見陳登原君的《歷史之重演》一書，先以為這書名頗奇，轉思大有道理——所謂查舊帳者，便是此意。有人問過章太炎先生，「歷史上的人物究竟怎樣？」而章先生回答得最妙！就是「也不過如此！」但是這妙處，我想只有熟於世情者方能得之。

細翻陳君此書，上下古今，引證甚博，連報紙上的傳說也有了，其中〈歷史由沿襲古之言語而重演例〉一章，有這樣一條：

> 不聞惡不可為善亦難為乎？范滂之被逮也，「顧謂其子曰：吾欲使汝為惡，則惡不可為；使汝為善，則吾不惡。行路聞之，莫不流涕。」（范書九七）今案劉湛之在獄中而見弟也，曰：「乃復及汝耶？相勸為惡，惡不可為；相勸為善，正如今日。奈何？」（《南史》三五劉傳）而韋儁之被冤受害，亦浩歎曰：「一生為善，未蒙善報；常不為惡，今為惡終。悠悠蒼天，抱直無訴！」然則漢人故語，南北朝人

固沿襲之矣；其在今日，豈無沿襲之者哉？

陳君所引，似尚未盡，這裡還可以補上兩條。《世說新語》卷五賢媛類云：

趙母嫁女，女臨去，敕之曰：「慎勿為好。」女曰：「不為好，可為惡邪？」母曰：「好尚不可為，其況惡乎？」

趙母者，據劉孝標引《列女傳》，云為「桐鄉令東郡虞韙妻，潁川趙氏女也，才敏多覽。韙既沒，文皇帝敬愛其才，召入宮省，上欲自征公孫淵，姬上書，作《列女傳解》，號趙母。」由這短短的傳記看來，趙母的命運大概同袁熙之妻甄夫人相似。故當其女兒出嫁時，想到自己便是後一代的鏡子，而這樣的心情，正和黨錮名賢范孟博遺囑一樣的沉痛。然而那少男少女又如何能夠了解呢？一旦了解過來時，恐怕已經踏上自己父母的足跡了。但是趙母的故事，也是沿襲來的，劉孝標又引《淮南子》云：

人有嫁其女而教之者曰：爾為善，善人疾之。對曰：然則當為不善乎？曰：善尚不可為，而況不善乎？

足見這幾句話來源甚古，在范孟博以前的西漢人就感受到了，故陳登原君說，「其在今日，豈無沿襲之者哉？」

秀才

北師要討撒花銀，官府行移逼市民；
丞相伯顏猶有語，學中要揀秀才人。

這時是南宋逸民汪水雲寫元師入臨安首都的情形，足見就是亡了國，秀才也是受優待的，喫虧的還是老百姓。

秀才何以這樣得天獨厚！自然是為了讀聖賢書，明白許多大道理，寫得一筆好文字，故能在任何時會都受優待，——自有其身分也。即如北宋末年，金人橫行中原的時候，首都汴梁淪陷了，徽宗賢父子作了俘虜，承繼大統的高宗到處逃離，而秀才依然是值錢的。《三朝北盟會編》云：

金人索太學生通經術者，太學生皆求生附勢，投狀願歸金者百餘人，多係四川兩浙福建。比至軍前，金人脅而誘之曰：「金國不要汝等作文義策論，各要汝等陳鄉土方略利害。」諸生爭持紙筆陳山川險易，古今攻戰據守之由以獻。

看來當時宋高宗忽爾陸地忽爾海道的逃來逃去，與這一群秀才「爭持紙筆陳山川險易」不為無功。

又妄指娼女為妻妾，取諸軍前。

雖然羈身軍中，而獻出了「山川險易」之後，乘機摸點現成的小便宜，本無傷於秀才之廉。不意金國蠻子，頗不易於打交道。如：

後金人覺其無問苟賤，復退六十餘人。復欲入學，司業博士集眾夏楚而摒之。

這結果似乎吃了小苦頭，然而妻妾到手，回到自家鄉土又可以作紳士了。

話又說回來了，南宋亡國時，那些秀才究竟受怎樣優待呢，詳情尚待考證，但據所能知道的，其結果亦不見佳。《雪舟脞語》云：

至元丙子，三宮北行，並俘三學生百人從行，責齋賦足其數，見義者皆竄，諸生趦趄不前，人各棍棒三下。登舟餒甚，得飯一桶無匕箸，乃於河邊拾蚌蛤之殼而食之。飢寒困苦，道亡者多，身膏草野。後放回，授諸路教授，僅十七八人。

能夠等到分發的，只有十七八人，未免犧牲太大。但是，這活著的，畢竟還是諸路教授，而臨安另一批的秀才，似乎永遠熬著「飢寒困苦」，到死為止。《遂昌雜錄》云：

公每出見杭士女出遊，仍故都遺風，前後雜沓，公必停輿，或駐馬戒飭之曰：「汝輩尚瞢瞢睡耶，今日非南朝矣，勤儉力作，尚慮不能供繇役，而猶若是惰遊乎？」時三學諸生困甚，公出必擁遏叫呼曰：「平章今日餓殺秀才也。」從者叱之，公必使之前，以大囊貯中統小鈔，探囊撮與之。

尤宣撫每次出來，帶了一口袋大元鈔票放給秀才們，想來彼時秀才們之歡迎尤宣撫，當不亞於今日叫化兒之歡迎闊人們辦喜喪事也。後來元朝仍復科舉，可是在此新舊交替之際，熬不了「飢寒困苦」者，逼得不得不改行了。汪水雲詩云：

官逼稅糧多作孽，民窮田土盡拋荒；
年來士子多差役，隸籍鹽場與錦坊。

元世祖時翰林學士王鶚亦說：

「貢舉法廢，士無入仕之階，或習刀筆以為吏胥，或執僕役以事官僚，或作技巧販鬻以為工匠商賈。」（《元史》選舉志）

這又好像為秀才爭政權，其實已經是三四等的奴隸了，而欲往上爬，豈非夢癡？試看《元史》裡的闊人，幾乎盡是蒙古色目的老爺們，獨儒學傳中諸公似乎大為漢人張目，但是若問這些人在蒙古主子眼中如何，仍舊是第三等第四等的奴隸也。

以上，都是陰暗的一面。而另一面呢？也不見得明朗，甚至於還要陰暗——北宋太學生陳東之被殺，便是一例。陳東等之活動，為後來歷史家所樂述，大抵是惋惜多於同情，蓋旁觀者清，而今之視昔且更加明白也。往後宋高宗眼中的秀才，卻又是一種看法，故當其喘息方定時，他的辦法出來了。《雞肋篇》云：

靖康初，罷舒王王安石配享宣聖，復置春秋博士，又禁銷金。時皇弟肅王使敵，為其拘留未歸，种師道欲擊之，而議和既定，蹤其去，遂不講防禦之備。太學輕薄子為之語曰：不取肅王廢舒王，不禦大金禁銷金，不議防秋治春秋。

春秋者，本是孔聖人精神勝利的產物，雖然是王綱不振，夷狄猾夏，而我輕輕的用了一褒一貶便完成了大一統，可是宋高宗這一法寶剛拿出來，而不馴的秀才們，投一諷刺了。所謂防秋者，是指金人每於秋高馬肥時入犯而言。所謂禁銷金者，是禁金子作裝飾，要天下人節約也。但是關於銷金的命令，現存於《宋會要》的就有若干道，何以要這樣三令五申？自然為了走不過闊人府上的關係。而要秀才們治春秋，哪是容易的，國子監一奉聖旨，馬上就讓遵了。

後來伯顏丞相踏進臨安首都，一手接了大宋天下，一手揀走了許多秀才，這優待，還不是為了秀才自有其妙處麼？

關於販賣生口

宋高宗建炎紹興之際，宋人媚稱之為「中興」，其實偏安一隅，上表納貢，正是宋人國難的時候。當時宋人所遭遇的，比起現在來，自然還要嚴重。即就從事國難生意者而論，亦不如現在出路之廣，——東從漢口，南至香港，汽車輪船，公運私販，此豈宋人所想像得到的麼？雖然他們沒有許多東西洋貨物可供販運，卻亦有辦法，這辦法，即以流人婦女為對象也。《宋會要》卷二萬一千七百七十九（第一百六十六冊）紹興四年紀事云：

四月十五日，御史臺言：訪問西北流寓之民。乍到行在，往往不知巷陌，誤失人口，其廂巡人不即收領，送官責問本家識認，致被外人用情誘藏在家，恐嚇以言，或雇賣與人為奴婢，或抑勒為娼者甚眾。雖有常法斷罪告賞，緣未曾申嚴約束。望下臨安府措置禁止，常切覺察。從之。

此種出賣難民的辦法，有人說今日間接同此一例甚而過之者，未始沒有，可是無此史實，不敢妄說。又《宋會要》同卷二十年下紀事云：

十二月六日，臣僚言：邕州管下官吏，受賄停留販生口之人，誘掠良口，賣入深溪洞左江一帶七元等州，竊近交趾諸夷國，所產生金雜香朱砂等物繁多，易博買平民，一入蠻洞，非惟用為奴婢，又且殺以祭鬼。其販賣交易，每名致有得生金五七兩者，以是良民橫死，實可憐惻。乞申嚴法禁，仍每季令帥憲司檢察行下邕州及沿路州軍，取別無與販結罪保明詣實帳狀由詔令刑部，增立賞格。

這樣看來，販賣生口，又成為出口貨物而可以賺金子了，可惜當時沒有外匯。然而這不僅南宋變亂之際有此情形，北宋已經有了。《宋會要》卷二萬一千七百七十七（第一百六十五冊）仁宗景仁年紀事云：

四年四月四日，詔廣南西路諸色人，不得容留溪洞婦女在家驅使，見在者，不問契約年月，並放逐便。

此以係廣南西路諸色人以蠻夷婦女供驅使者，果然，邊疆之間，互以生口為賣買也。至於殺人祭鬼，北宋已有，謂之「採牲」，到了南宋，此風更由蠻夷而遷之於內地各路，俟後再專論之。這裡所要知道的，販賣生口，既不是偶然，亦不是一時一地之事。如《宋會要》卷二萬一千七百七十九（第一百六十六冊）孝宗隆興二年九月十九日紀事云：

同日戶部言：准送下寧江軍申四川近日多有浮浪不逞之人，規圖厚利，於恭（州）涪（州）瀘州與生口牙人，通同誘略良民婦女，或於江邊用船津載，每船不下數十人，其劍門關即自鳳州與販入對境州軍茶馬司押馬軍兵，即自金（州）房州與販入京西湖北湖南一帶，亦有即自瀘州販入夷界者。欲乞行下四川監司，遍牒所部州縣，置立粉壁，令民間通知，仍仰巡尉，常切覺察，如有違犯人收捕赴官，依法施行。從之。

按此上距紹興三十年禁令不過四年，而四川生口走私之風如此，足見先前功令之進行，未收實效；而此次粉壁告示通行以後，生口走私之風，果能滅殺與否，徵諸前令，亦頗可疑。尤可注意者，此種風氣之流播至廣，但就上引兩條禁令看來，已有京西，

（房州），利州，（鳳州），湖北，湖南，夔州，（恭州涪州），潼川，（瀘州），廣西等路。南宋疆域，本屬抱殘守缺，勉強分來，止有十六路耳。今生口走私者，已占全部疆域之大半，推想當年，必不止此。總之，南宋十六路中無告之流民婦女，皆有被充生口販賣之可能，正如民族抗戰中的今日，而大部分的老百姓之生命線皆繫之於走私的「發國難財者」之手，後之視今，猶今之視昔。千古同轍，不足為奇也。

關於買賣婦女

商務印書館《續古逸叢書》之三十七《名公書判清明集》一書，是該館據日本東京岩崎氏靜嘉堂藏宋本影印的，仁井田陞稱之為天下孤本，其名貴可知。該館影印，完全保存了宋刊本的形式，書長約一公尺，字有葡萄大，以單宣紙印刷，真是仿古本精品。其內容則為宋代名公判牘，有理學大師朱晦菴，有詩人劉後村等二十五人，時代皆是南宋——由紹興至淳祐。

這些名公判牘，僅限於戶婚一門，其全書當不止於此一門類。然即此，卻保存了許多社會史料。今年婦女節，重慶婦女界似乎有一議案，請政府嚴禁買賣婦女，夫買賣婦女由來已久，其發源自古代奴隸制度，案情尚待專家去考證。現單將南京婦女因被轉賣而起訴到當時名公面前的數事舉出，姑作婦女命運之一例觀之可也。如「女已受定而復雇當責還其夫」一事，翁浩堂判云：

今據姜一娘所供，康宅曾將此女轉嫁吳亞二家，得錢矣，今見阿吳論取，卻作徐貢元名擔庇。姜百三（？）賣已受定之女，固為有罪，其計出於貧困無聊，今形狀纍然若此，安得有錢可監，遷移日久，使人父子夫妻散離而不得合，亦仁人君子所宜動心也。……

姜百三（？）原係姜一娘的父親，其將女兒賣給康宅以後，則姜一娘的所有權，當然屬於康宅，故康宅有權將她賣給吳亞二家，而失去了主權的姜一娘父親，仍視姜一娘為自己的出賣品，於是又轉賣給徐貢元，是姜一娘一身被輾轉三賣也。然姜百三初賣，康宅再賣，看來尚屬合法；惟姜百三之再賣，則應受法律處分，而姜百三又何以甘犯法憲。「名公」浩堂卻也能洞察人情痛快說出：「其計出於貧困無聊」！又「定奪爭婚」一事，劉後村判辭云：

吳重五家貧妻死之時，偶不在家，同姓人吳千乙兄弟與之折合，併挈其幼女以往；吳重五歸來，亦幸其女之有所歸，置而不問。未幾吳千乙與千二將阿吳賣與翁七七為媳婦，吳重五亦自知之，其事實在嘉定十三年十一月。去年八月吳重五取其女歸家，至十一月復嫁與李三九為妻，致翁七七經府縣有詞，追到吳千二等供對，

> 卻稱先來係謀娶，得阿吳為妻，自知同姓不便，改嫁與翁七七之子。……
>
> 但阿吳既嫁李三九已自懷孕。……

這阿吳小姐先被吳千二出盤賣於翁七七，又被自家父親劫賣於李三九，是一身三嫁，其命運正不亞於姜一娘也。

此外如買賣女婢，本法所不禁，直至現在——中華民國的男女據說早已獲得自由平等了，然而女婢的制度依然存在。名公審判裡亦有兩事關於女婢的，如「時官販生口礙法」一事，蔡久軒判詞云：

> 見任官買販生口，尤法禁之所不許。黃友押下供女使三名，責府官牙尋責，據黃友供，呈奉台判，為時官而買販生口，固為礙法，為本縣市民之女，於法可乎？黃友勘杖一百，押出本路界。其女子三名，押下縣請知縣喚上親屬，分付逐一取領。……

現任官買販生口，這勾當，後來的老爺們好像也有過這樣情形，本不足為奇。又有「賣過身子錢」一事，蔡久軒判詞云：

阿陳之女，方於前年十一月雇與鄭萬七官者，七年止計舊會二百二十千，十二月便雇與信州牙人徐百二，徐百二隨即雇與鉛山陳廿九，身子錢已增至七百貫矣，纔及六月，陳廿九又雇與漆公鎮客人周千二，曾日月之幾何，而價已不啻三倍矣。

所謂雇賣者，即後來典當的辦法，特展轉典賣，斯為奇耳。有如今日從事國難生產者，往往一轉手間，獲利數倍，真好買賣也。顧此種「賣過身子錢」者，在宋初時便有禁令，宋太祖開寶四年詔云：

應廣南諸郡，民間有收買到男女為奴婢，轉將傭雇，以慚共利者，今後並令放免，敢不如詔旨者，決杖配流。（《文獻通考》卷十三）

蔡久軒辦理此案，是否依照宋初詔令判罪，因原判詞只剩一段，不可考矣。至於被典押者，本有相當的年限，如阿陳之女典押時，「七年止計舊會二百二十千」，是奴隸，七年為期，非終身制也。然亦有滿了年限而主人不放出者，《宋會要》卷二萬一千七百七十九（第一百六十六冊）紹興五年八月二十四日德音云：

又前項管內州軍（按指應潭柳鼎禮岳復州荊南龍陽軍循海潮惠英廣詔南雄虔吉撫州南安臨江軍汀州）應見收藏驅虜到人，或展轉雇賣，買人知情，至今未令逐使，如限滿依舊拘留，並從略人為女使法科罪，鄰保知而不糾，減犯人罪一等，許被虜人或親屬次第陳訴。

玩此德音，較之宋初，已經和緩，其對於輾轉賣買者，並不追究，只要最後的主人，到了限期不再拘留便了。但是，這裡面還有問題，雖說到期必得發還，契約卻可妄改，反正窮到典押兒女的老百姓，是容易欺壓的。《宋會要》（同上卷）紹興三十一年云：

八月十八日，知臨安府趙子瀟言：近來品官之家，典雇女使，避免立定年限，將來父母取認，多是文約內妄作妳婆或養娘房下養女，其實為主家作奴婢，役使終身為妾，永無出期，情實可憫，望有司立法，戶部看詳，欲將品官之家，典雇女使，妄作養女立契，如有違犯，其雇主並引領牙保人並依律，不應，為從杖八十科罪，錢不追，人還主，仍許被雇之家陳首。從之。

將有期限的而改無期限，使無數少女永遠淪為婢妾，要非「品官之家」，不足辨此。今由臨安府尹趙子潚檢舉出來，朝廷又從而禁止之，其勢當有無數少女突被解放而還其自由，事實果如此否，準之今古，亦難言之。今不必考之往代，姑且求之近世，十年以前，國民政府，好像就有禁止奴婢之令，十餘年以後之今日，所有法憲益加完備，若問事實若何，更難言矣。

老人的胡鬧

不久，有位前輩來到山中，過去我們都是生活在北平的，這次久別一逢，談鋒每自然的涉到現在還寄居在北平的師友們。於是由甘心度著艱苦的生活在敵人勢力下掙扎的師友，而談到一度作了偽北平師範大學校長的徐祖正，因漢奸群的傾軋才十八天便下了臺，又因失意而發了瘋。再由徐祖正而想到知堂老人，這位前輩說，聽說他是承繼了湯爾和成了華北教育的長官了，比起偽北平大學的什麼長來，（是文學院長麼？）更加高陞了。可是，這消息我是早已聽說了。偏巧又有位朋友告訴我：知堂老人在北平廣播電臺出現了，大概說：我是老了，而且一向不參與政治的，現在為了東亞文化不得不出來云云。這真是知堂老人的聲音麼？我家裡沒有收音機，不能用我的耳朵去辨別，即使重慶的朋友真親切的聽到了，我還不能夠即刻相信。因為知堂老人在〈日本的人情美〉一文這樣說過：

「內藤是研究東洋史的，又特別推重中國文化，這裡便說明就是忠孝之德也是從中國傳過去的。（我國的國粹黨聽了且請不要鼻子太高。）現在我借了他的這一節話並不想找田引水，不過藉以證明日本的忠君原係中國貨色，近來加上一層德國油漆，到底不是他們自己的永久不變的國民性。我看日本文化裡邊儘有比中國好幾倍的東西，忠君卻不是其中之一。照中國現在的情形看來，似乎也有非講國家主義不可之勢，但這件鐵甲即便穿上也是出於迫不得已，不能就作大褂子穿，而且得到機會還要隨時脫下，疊起，收好。我們在家裡坐路上走總是只穿便衣；便服裝束纔是我們的真相。我們要觀日本，不要去想他那兩柄雙刀的尊容，須得去看他在那裡吃茶弄花草時的樣子纔能知道他的真面目，雖然軍裝時是一副野相。」日本的忠君教育，是日本軍閥毒殺日本人民唯一的法寶，知堂老人正擊在他們的痛處。這節文章發表於民國十四年一月，下距今日有十六年之久，而知堂老人早就指出日本近代文化的陰影了，故此文結論說道：「而無限制的忠孝的提倡不但將使他們個人中間發生許多悲劇，也即是為世人所憎惡的重要的原因。」豈意知堂老人竟以憎惡者的身分，而串演於此悲劇之中呢？因思戲臺上的打諢者，往往令人啼笑皆非，今日之事，正有此感。

現在，寒齋還藏有一本《瓜豆集》，這書在西南已是買不到的善本書了。但是，不佞是等於光身逃入四川的，先前本有許多行李和書籍，由北平而流浪於長江各地，自然是了無所有了。這《瓜豆集》之被保存至今，卻非偶然之事。在廿六年十月我正流寓於蕪湖，那時整個的街市上，都充滿了兵、難民，我因為有一病人的關係，走動不得，心下十分抑塞。一天，偶在一家書店的玻璃櫃中見到一本素白的封面上，以疎淡的字體寫著《瓜豆集》，其下又以渴筆行草簽署「知堂自題」四字，其旁鈐一長方「知慚愧」一小印，印文工整而流動，想是琉璃廠同古堂張樾丞的鐵筆罷。知堂老人喜歡印章的，如日常用的有「山上水手」、「冷煖自知」同這書上的「知慚愧」，都同樣的有意思。那時我是非常歡喜買到這本小書，一因這是知堂老人在七七事變前三個月出版的新書，二因知堂老人文章的雋永處大可以消磨些時日。在敵人正在威逼南京時，我讀到〈談日本文化書〉（其二）覺得異常明徹，如云：

「目下中國對於日本只有怨恨，這是極當然的。二十年來在中國面前現出的日本全是一副吃人相，不但隋唐時代的那種文化的交誼完全絕滅，就是甲午年的一刀一槍的廝殺也還痛快大方，覺得已不可得了。現在所有的幾乎全是卑鄙齷齪的方法，與其說是武士道還不如說近於上海流氓的拆梢，固然該怨恨卻尤值得我們的輕蔑。其實就是日本人自己也未嘗不明白。前年夏天我在東京會見一位陸軍將官，雖是初見彼此不客氣的談天，講到中日關係我便說日本有時做得太拙，損人不利己，大可不必，例如藏本事件，那中將接著說，說起來非常慚愧，我們也很不贊成那樣做。去年冬天河北鬧什麼自治運動，有日本友人對了來遊歷的參謀本部的軍官談及，說這種做法太拙太骯髒了，軍官也大不贊成，問你們參謀本部不與聞的麼，他笑而不答。這都可見大家承認日本近來對中國的手段不但兇狠而且還卑鄙可醜，假如要來老實地表示我們的怨恨與輕蔑的意思，恐怕就是用了極粗惡的話寫上一大冊也是不會過度的。」以上是知堂老人於抗戰前一年的八月的意見。他以極痛快的話說出：「目下中國對於日本只有怨恨，這是極當然的。」但在抗戰的第二年，政府移在武漢時，大家盛傳知堂老人參加了敵人的什麼座談會並且還有照片為證，於是有茅盾諸先生給知堂一封公開的信。當時我在報紙上讀到這些文件，心中不禁不由得受了一種窒息的痛苦，從一提箱裡取出《瓜豆集》來，緬想著那麼淵雅沖淡的知堂老人，竟混跡於其平日所怨恨與輕蔑的敵人群中，真如墮在五里霧中，四顧白茫茫，無從摸索。

以後，有人告訴我，知堂老人是受了敵人的欺騙，以敵人「對中國的手段不但兇狠而且卑鄙可醜」看來，知堂老人縱深於世故，難保不上敵人的當，同時某刊物上又影印出知堂老人手簡，要政府不要以李陵看待，應以蘇武視之，辭意之間甚為沉痛，益使吾人對於此老一度上當而原其苦心也。及在重慶報上看他答胡適之先生的詩，說為了庵中老小托鉢化齋不能飄然南行。當時頗以為此老以此為口實，不免可慮，蓋據我聞，北平雖然陷落，政府卻並未要蘇子卿活活的餓殺，一定逼他非嚼羊毛皮襖不可，北京大學的按月接濟費，不就是事實嗎？不幸，終於由偽北京大學的院長，而為所謂華北的教育長官了。一時神經過敏，以為可慮者，即此老詩中意思似有些拖泥帶水故也。適之先生詩所以特別拈出一個「智者」，想是以知堂老人係以聰明人，用不著什麼譬喻，民族存亡關頭，應有以自處，有如蘇格拉底捧著毒藥酒的時候，柏拉圖未便從旁勸解：「老師，為了師母，還是從權罷」。

抗戰前三年，知堂老人在《獨立評論》上發表過一篇文章，題目彷彿叫作〈投筆〉，意思是說政府究竟同日本打不打呢，我在預備著投筆呢。這一面是諷刺政府國策的猶夷，一面也是耐不住了，要求「一刀一槍的厮殺」起來。現在我們中華民族的男女正在「一刀一槍厮殺」之際，而知堂老人不「投筆」而投降，這從何說起呢？據說知堂老人在廣播電臺前自供為了東亞文化而出來云云，則更不可解了，法西斯的日本軍閥的「兇狠而且還卑鄙可醜」的勾當橫行到今日這般田地，還有所謂東亞文化之可言麼？這一點，用不著我們多說，知堂老人早在《瓜豆集》裡的〈談日本文化書〉說得甚為明白，如云：

「文化是民族的最高努力的表現，往往是一時而非永在，是少數而非全體的，故文化的高明與現實的粗劣常不一致。研究文化的人對於這種事情或者只能認為無可如何，總不會反覺得愉快，譬如能鑑賞《源氏物語》或浮世繪者見了柳條溝，滿洲國，藏本失踪，華北自治與走私等等，一定只覺得醜惡愚劣，不，即日本有教養的藝術家也都當如此，蓋此等事既非真善亦並無美也。」這一段話正可和〈懷東京〉裡的意見對照的，如云：「中國與日本現在是立於敵國的地位。但如離開現時的關係而論永久的性質，則兩者都是生來就和西洋的命運及境遇迥異的東洋人也，日本有些法西斯中毒患者以為自己國民的幸福勝過至少也等於西洋了，就只差未能吞併亞洲，稍有愧色，而藝術家乃感說到『說話則唇寒』的悲哀，此正是東洋人之悲哀也，我輩聞之亦不能不惘然。」在日本法西斯中毒患者的時代，當其從事滅絕自己的文化，因之我們中華民族的文化亦受其蹂躪，則我們英勇的抗戰，是被蹂躪者向蹂躪者反抗，光明與黑暗肉搏，不但此也，整個的東洋人的厄運之挽救者，其大纛正在我們的這一面，一個中國人，尤其是一個「智者」，值此時會，應該負有怎樣的責任，凡是中國人都清楚的，知堂老人更加清楚。知堂老人不是說過麼?「中國是我的本國，是我歌於斯哭於斯的地方……」（見《瓜豆集・自己的文章》）一旦歌哭無地，忽爾轉臉陪人喜笑，文人的史例，只有錢牧齋一流人物作此態耳。話又說回來了，知堂老人此時扛出的一面東亞文化旗幟，未免與前言大相逕庭，然不外乎前是今非，昔非今是，果以今為是，那我們或較知堂老人為明白，日本法西斯中毒患者屠刀下的所謂東亞文化，其內容極簡單，不過一個公式而已，即日本人是主子，中國人是奴隸而已，殷鑑不遠，高麗琉球便是，殊不知知堂老人今日之體驗如何耳。

我想，我不必再寫下去了，這有什麼用呢？我放下筆，在靜夜裡默想著那北平傳出來的照片，我們過去了的淵雅的沖淡的知堂老人，已經悄然的穿了馬褂站在王揖唐、王克敏以及日本特務機關的強盜中間，而陪我流離的小書《瓜豆集》也黯然無色的躺在我的案頭，雖然它仍舊是素白的封面，題著疏淡的行草，鈐著「知慚愧」的長方小印。我以悵惘的意緒，拉雜的寫了這許多字，卻沒有一個適當的題目，只得再翻這本小書，剛巧碰到一篇叫〈老人的胡鬧〉，就借用了罷。

我與老舍與酒

報紙上登載，重慶的朋友預備為老舍兄舉行寫作二十年紀念，這確是一樁可喜的消息。因為二十年不算短的時間，一個人能不斷的寫作下去，並不是容易的事，我也想寫作過，——在十幾年以前，也許有二十年了，可是開始之年，也就是終止之年，回想起來，惟有惘然，一個人生命的空虛，終歸是悲哀的。

我在青島山東大學教書時，一天，他到我宿舍來，送我一本新出版的《老牛破車》，我同他說：「我喜歡你的《駱駝祥子》。」那時似乎還沒有印出單行本，剛在《宇宙風》上登完。他說：「只能寫到那裡了，底下咱不便寫下去了。」笑著，「嘻嘻」的——他老是這樣神氣的。

我初到青島，是二十五年秋季，我們第一次見面，便在這樣的秋末初冬，先是久居青島的朋友請我們吃飯，晚上，在一家老飯莊，室內的陳設，像北平的東興樓。他給我的印象，面目有些嚴肅，也有些苦悶，又有些世故；偶然冷然的衝出一句兩句笑話時，不僅僅大家轟然，他自己也「嘻嘻」的笑，這又是小孩樣的天真呵。

從此，我們便廝熟了，常常同幾個朋友吃館子，喝著老酒，黃色，像紹興的竹葉青，又有一種泛紫黑色的，味苦而微甜。據說同老酒一樣的原料，故叫作苦老酒，味道是很好的，不在紹興酒之下。直到現在，我想到老舍兄時，便會想到苦老酒。有天傍晚，天氣陰霾，北風雖不大，卻馬上就要下雪似的，老舍忽然跑來，說有一家新開張的小館子，賣北平的燉羊肉，於是同石蓀仲純兩兄一起走在馬路上，我私下欣賞著老舍的皮馬褂，確實長得可以，幾乎長到皮袍子一大半，我在北平中山公園看過新元史的作者八十歲翁穿過這麼長的一件外衣，他這一身要算是第二件了。

那時他專門在從事寫作，他有一個溫暖的家，太太溫柔的照料著小孩，更照料著他，讓他安靜的每天寫兩千字，放著筆時，總是帶著小女兒，在馬路上大葉子的梧桐樹下散步，春夏之交的時候，最容易遇到他們。彷彿往山東大學入市，拐一彎，再走三四分鐘路，就是他住家鄰近的馬路，頭髮修整，穿著淺灰色西服，一手牽著一個小孩子，遠些看有幾分清癯，卻不文弱，——原來他每天清晨，總要練一套武術的，他家的走廊上就放著一堆走江湖人的傢伙，我認識其中一支戴紅纓的標槍。

廿六年七月一日，我離青島去北平，接著七七事變，八月中我又從天津搭海船繞道到濟南，在車站上遇見山東大學同學，知道青島的朋友已經星散了。以後回到故鄉，偶從報上知老舍兄來到漢口，並且同了許多舊友在籌備文藝協會。我第二年秋入川，寄居白沙，老舍兄是什麼時候到重慶的，我不知道，但不久接他來信，要我出席魯迅先生二周年祭報告，當我到了重慶的晚上，適逢一位病理學者拿了一瓶道地的茅台酒，我們三個人在×市酒家喝了。幾天後，又同幾個朋友喝了一次紹興酒，席上有何容兄，似乎喝到他死命的要喝時，可是不讓他再喝了。這次見面，才知道他的妻兒還留在北平，武漢大學請他教書去，沒有去，他不願意圖個人的安適，他要和幾個朋友支持著「文協」，但是，他已不是青島時的老舍了，真個清癯了，蒼老了，面上更深刻著苦悶的條紋了。三十年春天，我同建功兄去重慶，出他意料之外，他高興得「破產請客」。雖然他更顯得老相，面上更加深刻著苦悶的條紋，衣著也大大的落拓了，還患著貧血症，有位醫生義務的在給他打針藥。可是，他的精神是愉快的，他依舊要同幾個朋友支持著「文協」，單看他送我的小字條，就知道了，抄在後面罷：

看小兒女寫字，最為有趣，倒畫逆推，信意創作，興之所至，加減筆畫，前無古人，自成一家，至指黑眉重，墨點滿身，亦具淋漓之致。為詩用文言，或者用白話，語妙即成詩，何必亂吵架。

下面題著：「靜農兄來渝，酒後論文說字，寫此為證。」

這以後，我們又有三個年頭沒有見面了。這三年的期間，活下去不大容易，我個人的變化並不少，老舍兄的變化也不少罷，聽說太太從北平帶著小孩來了，應該有些慰安了，卻又害了一場盲腸炎。能不能再喝幾盅白酒呢？這個是值得注意的事，因為戰爭以來，朋友們往往為了衰病都喝不上酒了；至於窮喝不起，那又當別論。話又說回來了，在老舍兄寫作二十年紀念日，我竟說了一通酒話，頗像有意剔出人家的毛病來，不關祝賀，情類告密，以嗜酒者犯名士氣故耳。這有什麼辦法呢？我不是寫作者，只有說些不相干的了。現在發下宏願要是不遲的話，還是學寫作罷，可是老舍兄還春紀念時能不能寫出像《駱駝祥子》那樣的書呢？

讀知堂老人的《瓜豆集》

案上放著一本知堂老人的《瓜豆集》，這書出版於二十六年三月，下距七七抗戰才三個多月。這以後知堂老人有沒有文集出來？自然無從知道，因為抗戰已有四年，照承平時情形看來，應該有三四本文集出來了；我想，如今也未必有什麼文章了，知堂老人不是已經繼承了湯爾和的位置所謂華北的什麼督辦麼？湯爾和在督辦任時，就不見他有什麼翻譯印出來了（他是譯醫學書的），知堂老人也免不了為著政務忙或去日本忙而停筆罷？於是這小小的《瓜豆集》更是值得寶貴了。單就這書的封面看來，最好的白紙上，渴筆而秀勁的自題簽，印著同古堂風的「知慚愧」閒章，令人一望而發生的一種隱士的風趣，正適合於那樣恬淡的知堂老人的風度。然而知堂終於以隱士的身分出現於所謂華北政權的舞臺上了，不是報上登載的寫真麼？在王克敏、王揖唐、齊燮元群中，知堂老人便是穿了馬褂站在其中的一人，仍舊是恬淡的風度，卻與抗戰初起那年參加過日本的什麼文化座談會的氣象不同了！

話又說回來了，這《瓜豆集》中，雖然免不了老人的偏見與自私，卻有許多好的識見，也說不定我們現在看作是好的識見，而知堂老人自己看作明日黃花亦未可知。如〈談日本文化〉云：

「目下中國對於日本只有怨恨，這是極當然的，二十年來在中國面前現出的日本全是一副吃人相，不但隋唐時代的那種文化的交誼完全絕滅，就是甲午年的一刀一槍的廝殺也還痛快大方，覺得已不可得了。現在所有的幾乎全是卑鄙齷齪的方法，與其說是武士道還不如說近於上海流氓的拆梢，固然該怨恨卻尤值得我們的輕蔑。……假如要來老實地表示我們怨恨與輕蔑的意思，恐怕就是用了極粗惡的話寫上一大冊也是不會過度的。」這話是多麼沉痛，甚至於像「甲午年的一刀一槍的廝殺」而不可得！知堂在另一篇〈日本文化書〉裡還這樣說：

「文化是民族的最高努力的表現，往往是一時而非永在，是少數而非全體的，故文化的高明與現時的粗劣常不一致。研究文化的對於這種事情或者只能認為無可如何，總不會反覺得愉快，譬如能鑑賞《源氏物語》或浮世繪者見了柳條溝，滿洲國，藏本失蹤，華北自治與走私等等，一定只覺得醜惡愚劣，不，即日本有教養的藝術家也都當如此，蓋此等事既非真善亦並無美也。」這又是如何深刻的話——抗戰以來，日本所加諸於我們的，遠不是以前種種醜態可比，更不是「醜惡愚劣」所能夠形容出來，自然想不出適當的名詞，只看日本的損失，亦非昔比，一言以蔽之，毀滅了自己，而存在的還是我們！但是知堂老人呢？竟瞠目於自己的蹂躪者的自焚而為之殉葬！難道知堂老人真個悔悟過來以前認識的日本的醜惡為真美，於是遵大路而走上東京麼？

友人說，知堂就任什麼督辦時，曾有廣播，說我是老了，本來不打算出來，現在為了東亞文化，不得不出來云，這裡卻證明了昔日之醜惡為今日之真美了，可是我頗疑知堂老人未必是這樣「以老賣老」的姿態出來的，因為他曾經這樣說過：「老人往往名位既尊，患得患失，遇著新興的勢力的意見，不論新舊左右，輒廢然從之，此正病在私慾深，世味濃，貪戀前途之故也，雖曰不自愛惜羽毛，也原是個人的自由，但他既戴了老醜的鬼臉踱出戲臺來，則自亦難禁有人看了欲嘔耳。」（《瓜豆集・老人的胡鬧》）我現在一面抄知堂的話一面又感到這是多餘，姑不論知堂老人如何廣播，知堂老人已不是布衣了，而踱出戲臺來則無疑義。天下事往往有少年人不能為而老人悍然為之而不顧者，蓋亦有其道理，如知堂老人所賞識《老老恆言》一書中所云：「世情世態，閱歷久看應爛熟，心衰面改，老更何求。諺曰，求人不如求己。呼牛呼馬，亦可由人，毋少介意。少介意便生忿，忿便傷肝，於人何損，徒損乎己耳。」這一段話，倘刪卻「心衰面改，老更何求」兩句話，正可為戴了醜鬼臉踱出戲臺來不管看者欲嘔的老人，作一註釋，不知知堂老人以為如何？

知堂老人又說過：「中國是我的本國，是我歌於斯哭於斯的地方。」（《瓜豆集・自己的文章》）還算不失為快人快語。猶憶昔年在北平時，有次訪知堂老人於苦雨齋，——那時候正是九一八後的幾年，日本在華北最猖狂的時候，他慨然的說，「我在《獨立評論》上作了一篇文章，題作〈投筆〉。」意思是說，政府究竟同日本打不打呢？我是等著投筆呢。這時顯然為了國策之未定而懷著苦悶，終於我們打起來了，而且打了四個年月，在這短短的歲月中，知堂老人期由蘇武而為李陵，由托鉢乞食者（答胡適之詩意）而為「達官貴人」，這從何說起，只有埋怨戰爭洪流的無情，將巖石化為汙泥耳！

北平的來人說，寄身於危城的同胞們，其最大的快慰，便是郊外的我們的槍聲，這心情我們是理會得來的，正如我們在荒江之濱常常在苦念著他們而為他們所理會一樣。「見故國之旌旗，感平生於囊昔」，知堂老人的情緒究何如耶？我想還是「毋少介意」，免得因忿傷肝為妙也。

三十年秋

追思

我之認識許季茀先生是二十年前在北京的時候，好像一天下午去西三條看魯迅先生，適先生先已在座，主人介紹後，我心裡想，原來這位長厚的中年人，就是魯迅先生老友上遂先生。那時常在刊物上讀到用筆名「上遂」發表的文章，又從魯迅先生口中知道是其老友，而於先生的名字，還不甚清楚，故只知為上遂先生。這以後，偶然的遇見，也不止一次，可是從未去先生家訪問過。雖然，從此讀到先生的文章的時候，立刻會想出一位藹然長者的風貌。

民國二十三年先生由南京北來任女子文理學院院長，先生一到北平我就去珠市口北辰公寓訪晤，這次給我的印象，精神雖然不見衰老，可是鬚眉都白了。原想等先生院務布置後，可多多與先生接近，但不久我又因為意外的一樁事而南下了。彷彿二十四五年間，我路過上海看魯迅先生，先生在魯迅先生處剛走，又交臂失之。抗戰中，我在四川白沙國立編譯館時，忽然接到先生由成都寄來一封信，時先生新由陝西入川任華西大學文化講座，信中所談的是關於中國小說史的問題，可惜手札已經不存在了。這一次通信後，彼此消息也就中斷了。後來先生到了重慶，以為可以見到了，而考試院又在郊外，我在重慶時，往往只住上三五日，又匆匆搭上水船回白沙了。

三十五年秋我來臺灣之前，聽說先生在臺灣主持編譯館，當時非常高興，以為不僅可以常常得到先生的教益，而光復後的臺灣由先生從事文化的拓植，一定能有很大的貢獻的。及到臺灣，訪先生於編譯館，先生告以種種計畫，果然已經定下了宏遠的規模。其時因先生終日在館中忙碌，也少有晤談的機會。直至先生入臺灣大學，纔得常在先生左右，我的研究室與先生的辦公室比鄰，室中又有門相通，往往先生拿著紙菸過來，坐在臨窗的沙發上，總是溫和的微笑著，所談的除學校的事情以外，也涉及其他的問題，遇有不合理的事，便立刻嚴肅起來，好像已白的鬚眉都垂下了似的，但是這並不令人感到是老人的怒容，反以為是青年人熱情的表現。不幸這樣的時間，纔及半年，先生忽然遭此橫禍。以先生為人，得到這樣死法，真不可解，可是先生竟是這樣的死去了！在二月十八日下午，我同建功兄經過先生寓所，因便走訪先生，未進客廳，就在廊下匆匆說幾句話，先生站在廊上，映著陽光，面色非常溫潤，當時心想，像先生這樣神情，一定要享大年的，誰知道不過十小時以後，竟給我們以永生忘不了的慘痛！

先生事略上，稱先生為「謙沖慈祥，臨事不苟」，這兩句話確說明了先生的生平。

先生平日任事，於應付環境，克服困難時，雖不見猛厲處，卻鍥而不舍的向前，必至收功而後已。如民國十四年具有歷史性的女子高等師範學校橫被解散，先生與魯迅先生馬幼漁先生抗拒亂命，奔走復校，此在教育鬥爭史上，可說是極光榮的事件。二十六年馬幼漁先生題魯迅先生在女師大講演遺稿云：「回憶十四年前，予與豫材豈明昆仲及許君季茀為北京女子高等師範學校事，努力奮鬥，卒使女師光復舊物，不禁神往，女師後雖不幸夭折，然此舉固不無可資紀念之價值。」赤手空拳，重建一高等學校，使許多被迫害的青年不致無書可讀，流離無歸，是談何容易的事；其時校中教務以下瑣事，皆先生任之，高壓之下，從容進行，這是何等精神！抗戰中，先生隨北平大學輾轉至西北，為爭學術獨立問題，終至不合作而去，這又是何等精神！晚年主持臺省編譯館，在短短的時間中，卻有了不少的成績，但是那樣平實而宏遠的工作，往往不盡為人所了解，甚至先生的友人也說老頭子脾氣大，可是先生並不因此感到寂寞或沮喪，這正是先生勇於負責就事論事的精神。先生之在臺灣大學，又何嘗不是如此，遇害之前一日，還是苦心的籌劃國語問題，國文問題，以及圖書的整理。

先生治學以弘通致用為主，觀其所為文，皆以教育的精神出之。編譯館草創，百忙之中，猶著《怎樣學習國語與國文》一書，淺見之徒，或以為這種通俗書，用不著先生親自動筆，而先生卻正視著廣大的臺灣青年群的需要，認為這纔是自己的責任，故深入淺出的給他們以完善的課本。可惜現在大家只知中日語法混淆的困難，卻未注意已經解決了許多問題的這一小書。

先生一生與章太炎、蔡孑民、魯迅三先生關係最深，這三位先生都是創造現代中國文化的大師，以先生長於傳記的文筆，不幸僅寫出章先生一傳，蔡先生傳尚未及下筆，魯迅先生的止成《印象記》一書，而一代文獻所寄的前輩，竟在深夜夢中死於柴刀之下，事變之來，真不知從何說起。

我現在所能記下的只是與先生的遇合，所不能記下的，卻是埋在我心裡的悲痛與感激，先生之關心我愛護我，遠在十幾年以前，而我得在先生的左右纔幾個月。這些天，我經過先生的寓所時，總以為先生並沒有死去，甚至同平常一樣的，從花牆望去，先生正靜穆的坐在房角的小書齋裡，誰知這樣無從防禦的建築，正給殺人者以方便呢。雖然先生的長厚正直與博學，永遠的活在善良的人們的心中的。

一九三〇年試筆

從一九二八年十月十五日以來，直到一九三〇年的此日，我是「壓根」兒沒有執筆。在這一九二九的整年零幾個月中，像冬天的昆蟲一樣的蟄伏起來，這蟄伏等於埋葬。將幽暗頹廢充滿了生活，所謂生之力，也同昆蟲一樣僅僅剩下了微弱的氣息。其實這一年多，歷史上的暴風雨時代已經過去，有如死了的人方出殯以後，家中所有的是空虛和悽愴，活著的人也只有在這種情況下徬徨著。然則這樣短短的一世紀的百分之一，我這人類中一個小小的動物，不將我的血渲染上我的筆端，似乎沒有什麼大的慚怍，因為已經失卻值得紀念的了。但是偶一想到並世師友們，往者呻吟於鞭撻鼎鑊之下，今猶飢鷹似的矯首於蒼茫的天宇，向著生的原野騁馳；我呢依舊深藏在無生的殼中，這不令人無端的感到不安麼？在我輟筆以來最後的一篇文章裡，就感於這種矛盾，曾經興奮地說：

我們同是一樣的青年，又同處於一樣的黑暗重壓之下，可是我們的心情和行為，顯然劃成了兩個時代；唉，我是懦怯，頹廢，將毀滅於黑暗的重壓之下了。

這種說不出的苦悶，以我年來所見所聞的經驗，似乎與我同此心境的確有其人；時代有如古屋，我們是寒瑟的躲到陰幽的角落處了。但願這苦悶僅僅屬於我們少數者的所有物，再不願傳給多數的朋友們。為了來日的幸運，寧願祈禱這苦悶不要成了一般人的病症。

許多人問我，「為什麼不創作呢？」或者，「早已看不見你的作品了。」甚至於說，「這是為了某種關係罷。」每次這些「為什麼……」以及「為了什麼……」口氣向我的時候，我總是覺得無法回答。不得已笑道，「為了教書，沒有著作的心情了。」有時更窘迫，故作滑稽的口吻道，「才氣盡了。」這種種都是巧妙的卑劣的掩飾，生活墮落的象徵！其實，這麼樣的時代，這麼樣的一個不上進者，有什麼值得注意呢？然而朋友們居然如此的關切，以至於熱情的督促，能說不為之感動麼？

有島武郎說，「因為寂寞所以創作」，這在我曾經為他所說的一樣從那威嚴而高大的牆的隙間，時時望見驚心動魄的生活和自然：也曾想用文學的形式，來彌補了看得見的驚喜與看不見的寂寞。可是現在我們的牆，愈威嚴，愈高大，愈沒有一絲的隙間了。那麼，我果能用我的筆蘸了血畫出這偉大的牆外的一切麼？我果能以我這樣的一個盲人取得人間真實麼？但是朋友們，竟能衷心傾出熱情，向我有所期待似的，這也許我們同躲在陰幽的角落裡，要我噓一噓氣，或者默默地握一握手罷。這暗地裡私自照呼，顯然表示出有人還在這裡活著。

怎樣為自家祝福呢，將工作的盛年，從寂寞，從絕望，從時代的古屋中救出罷。

原載一九三〇年三月二十日北平《新晨報副刊》

許壽裳先生

魯迅先生老友許壽裳先生，是一位六十七歲的老人，而面色紅潤，倒不像他那麼樣大的年紀；頭髮和鬚眉，卻已銀白中夾著焦黃色了。厚嘴唇上，兩撇髫鬚同那具有特徵的雙眉一樣濃厚：眼角有些下垂，長眼波上永遠掛著微笑，慈祥，靜穆，慢吞吞兒說話，像從沒有發過脾氣似的。其實不然，他會同青年人一樣的激越，能以憤怒的眼光久久的盯著你；例如，有次聽人說，魯迅先生的諷刺是從紹興師爺學來的，他立刻變色道：「說這話的人簡直是混蛋！」

原載一九四八年十月上海《青年界》新第六卷第二號「人物素描特輯（二）」

序跋

《關於魯迅及其著作》序言

我在最近的期間，約有一月工夫，能將這幾年來一般人士對於魯迅先生及其著作的觀察、感想和批評搜集起來，這在我是一件很慰心的事，因為我完成了我所願意完成的一部分工作，雖然我並不知道別人對於這件事的意見如何。

有一兩篇文字，在我個人是覺得並非無意義的；還有國外的人，如法國羅曼・羅蘭對於法文譯本《阿Q正傳》的評語，和這一篇的俄文譯者俄國王希禮君致曹靖華君的信，日本清水安三《支那的新人及黎明運動》中關於他的記載，以及最近美國巴特勒特去訪問他時的重要的談話，本來都擬加入，後來卻依了魯迅先生自己的意見，一概中止了，但反而加添了一篇陳源教授的信。

我搜印這一本書，也並沒有什麼深意：第一，只想愛讀魯迅先生作品的人借此可以一時得到許多議論和記載，和自己的意思相參照，或許更有意味些；第二，這裡面有揄揚，有貶損，有謾罵，在同一的時代裡，反映出批評者的不同一的心來，展開在我們一般讀批評文字的人的眼前，這是如何令人驚奇而又如何平淡的事啊！

最使我高興的，是陳源教授罵魯迅先生的那種「他就跳到半天空，罵得你體無完膚——還不肯罷休」的精神。我覺得，在現在的專愛微溫，敷衍，中和，回旋，不想急進的中國人中，這種精神是必須的，新的中國就要在這裡出現。我們只要一讀《吶喊》和以後的其他作品，就可以看出作者也曾將這種精神不獨用在《熱風》和《華蓋集》的一些短文裡，小說中尤其表現得清楚。每個人物，在他的腕下，整個的原形就顯現了，絲毫掩不住自己。我愛這種精神，這也是我集印這本書的主要原因。

《擇偶的藝術》序

一天，陳夢韶先生來訪，說有一新著，要我作序。當時聽了，頗為惶恐，然而未便拂夢韶先生的意思，只得答應了。不久夢韶先生將稿本送來了，才知道是《擇偶的藝術》，於是更加惶恐起來。此道鄙人向無經驗，至於「藝術」更談不來。讀完了夢韶先生的著作，才獲得《擇偶的藝術》的智識，雖然現在用不著了，知道些總是好的。

我常常想：戴了儒家面具向人說法的人，是討厭的，而儒家的本身思想卻極可愛。單就男女的關係來看，《禮記》將男女與飲食並論，〈國風〉不刪淫詩，都是坦白的具有人性的美。至於渺茫的鬼神，儒家對之卻無興趣，子不語怪力亂神，這一點似比墨家高明。後來儒家學說被御用了，而儒生要抬轎，那麼只有捧著儒家的一副面具出來。面具亦不高明，三花臉而已。儒家的現實思想，遂成為鬼神一樣的玄虛了。

本來活潑潑地，去學殭屍，未免喫苦頭。男女兩字碰在一起，便是猥褻的象徵，遇著道學先生，口中念念有辭，祭起法寶，霹靂一聲，真是盛事。但是從三花臉的面具，透視了女人的臂膊與大腿，此是中土風流，又非俗子所知。

「男女」是罪過，既「男女」而又「藝術」，更是罪過，善男善女，萬萬談不得。然而不然，《詩》是六經之一，開章便道「窈窕淑女，君子好逑」，夢韶先生所說的《擇偶的藝術》，豈非古已有之。道學先生大聲喝道：「這是文王后妃之德，那得胡說！」

然而，古典的「擇偶的藝術」，還是有，那藝術便是所謂門第。相如琴挑，文君私奔，惹起臨邛富翁卓王孫大怒一場。而這位「東床」亦頗無賴，穿著一條短褲，帶了卓家小姐，開起酒店，害得卓富翁無面見人，這就是辱沒了門第。後來相如作了出使大臣，經過丈人家鄉，卓富翁喟然歎道：「女兒文君何不早給了他。」其實未晚，畢竟女婿是大官，丈人是財主，使小百姓眼巴巴的望著兩家財勢，這就是所謂門第。

足見門第的來源，不外乎擺架子，架子之高低，要看三花臉的程度如何了；爬得越高，離開平民越遠，擇偶越高貴，平民那得高攀？例如侯景託梁武帝向王謝兩家求婚，武帝說：「王、謝門高非偶，可於朱、張以下訪之。」以侯景的聲威，居然走不進王謝的門限；而堂堂一位官家，也不敢冒昧作王謝兩家的媒婆，豈非怪事！

終於時代潮流，衝破了封建文化，道學家的假面孔失去了威靈，門第也算不了「擇偶的藝術」。可是男女相悅，固然本諸感情，同時也需要冷靜與理智，夢韶先生的著作，正供給了這一方面知識，這是值得感謝的。

一九三六年五月廿八日，於廈門大學

《葉廣度詩集》序

夫蘭以香自燒，膏以明自銷，固達士所深惜，而人情所難為。然而呵壁問天，日斜叩鵩，徜徉澤畔，歌哭無端，憂能傷人，意自難免。

吾友葉君廣度，少有奇節，壯歷憂患，喪亂以來，憩影沙頭，問樊遲之據，學東陵之瓜，似樂放逸，與世相忘。然而骨梗橫胸，芒角在喉，發為歌詠，多見慷慨，是豈如淵明所云「人生實難」，有不獲已之情乎！

丙戌之夏，余困居廢院，槐陰蔽道，鼯鼠當階，昨猶絃歌，今若敗剎，環誦斯集，感喟不勝，恨無藻翰如吾廣度，抒吾憤懣於萬一耳。

跋自書魯迅詩卷贈方重禹

一九三七年七月四日，余自青島到平，寓魏建功兄處之獨後來堂，又三日蘆溝橋事變起，余遂困居危城，不得南歸。時建功兄方輯魯迅歸遺詩鈔寫成卷，余因過錄兩卷，此一卷鈔成於八月七日。明日敵軍進城，有所謂敵軍入城司令者，公然布告安民，又三日余乘車去天津，由津海道南行。回憶爾時流離道塗之情，曷勝感喟。今勝利將及一年，內戰四起，流民欲歸不得，其困苦之狀實倍於曩昔，此又何耶！

今檢斯卷贈重禹兄，追尋往事，隨筆及之。禹兄與余同辭國立女師學院講席，後復同寓舊院兩月有餘，次日東歸，此別不知何年再得詩酒之樂，得不同此惘惘耶？

靜農記於白蒼山莊一九四六年八月二日

編按：據臺靜農先生手跡編入，標題為編者所加。

劇本

出版老爺

劇中人物：

出版老爺

作家

僕人

第一場

作家　（抱一大包文稿上）這稿子寫了三年了，還待斟酌，可是一家老小餓得慌，只得找個出版老爺賣了罷。說時遲，走得快，前面便是家賣巷。呀，好不粗心，這家賣巷家家都是朱漆大門，不知出版老爺門牌，怎好隨便叩門？你看，那邊大門口停了一部嶄新汽車，車屁股上印了「出版家」三個大字，看來這家便是出版老爺的公館了，按一按電鈴試試看。

僕人　（開大門，伸頭向外張望，見作家，微怒。）你這討飯的膽敢按出版老爺的電鈴？快滾開，馬上老爺出來了，鞭子鞭你！

作家　不，不，我是作家，求見出版老爺的，你誤會了！

僕人　看你們這些作家模樣，都是不三不四的，既然是作家，是有名的，還是無名的？

作家　有名的，有名的，有名的！

僕人　有名的，怎麼我不知道？進來罷，待我給你通報一聲。

作家　謝謝你，你去通報罷。

僕人　（作家站在門房外面，規規矩矩等了三點鐘，僕人上）老爺說，果真是有名的作家，就請到客廳裡坐。（作家拔步便走。）慢點，慢點，你真是有名的作家麼？你不是騙子麼？

作家　（有點怫然）你這人真是，我是鼎鼎大名作家，怎麼說是騙子，你沒有看見我抱的這一大包著作嗎？

僕人　那麼，就請罷，可是老爺有飯局就要出去，你少麻煩他！

第二場

（作家半個屁股坐在沙發邊上，不安的鑒賞著牆上掛著的「提倡新知導揚文化」的大對聯，足足等了兩點鐘，聽了遠遠的皮鞋橐橐聲，立刻恭恭敬敬的站起來。）

出版老爺（作家方作九十度的鞠躬，出版老爺伸過手來。）久仰，久仰，閣下大名真是如雷貫耳，今日文壇重鎮，要不是閣下，誰敢當得起呀！哈哈，了不起，了不起！

作家 豈敢，豈敢！

出版老爺 不必客氣，我兄弟早就說過，今日文壇，沒有閣下大著，哪還成什麼樣子？（忽然發現一大包文稿放在桌上。）這一包又是閣下大作嗎？

作家 是，正要請教。

出版老爺 拜讀，榮幸得很！

作家（謹慎的將外面報紙打開，將稿子捧到出版老爺面前。）這一部稿子雖然寫了三年，還是粗製濫造，要請多多指教！

出版老爺 不用看，一定是好的！（隨手翻開一頁）是戲劇嗎？

作家 不，是小說！

出版老爺 怎樣空白這樣多呀，哈哈。這一大堆，有多少字呀？

作家 大概三十萬字。

出版老爺（搖頭）要不得，要不得，這印起來成本太大……現在戰時，報紙漲到二百

作家　五十元一令，土紙也很貴，小店營業清淡，如何印得起呀！

出版老爺，你太客氣了，出版界的權威都印不起，誰還印得起？通融些罷，我一家老小……

出版老爺　還請閣下通融些罷，大文章不在長，截去兩段，價值還是一樣。

作家　哦，出版老爺，你真會說笑話。

出版老爺　我馬上就得出門，×部長請我喫飯，還得出席「抗勝文化事業委員會」，對不起，我沒有功夫說美話，請你即刻想一想，我得即刻到×部長家去。（回顧大喊）來呀！（僕人上，問僕人）汽車預備了嗎？

僕人　預備了！（一面說一面退下）

作家　（躊躇）怎樣截去呢？要是去頭去尾，只成「燒中段」了，要是單去中段，又成「燒頭尾」了，究竟是「燒中段」好呢，是「燒頭尾」？出版老爺？

出版老爺　小說就是說故事，故事當然有頭有尾好，那麼，來個「燒頭尾」罷。

作家　就照出版老爺的吩咐！（作家取過稿來，翻來翻去，依依不捨的，終於忍心的從其中撕下一半。）好了，這剩下的光是頭尾了。

出版老爺　很好，到底是大作家，納諫如流。這頭尾可以印二百面，等我拿算盤算一算，（隨手從桌子上拿了算盤，一邊嘩啦嘩啦的算，一邊說。）華中版每本定價三元，加五，加七，再加九，華南版每本定價五元四角，加九，加七，再加五，戰時行都版，每本定價六元六角，加七，加八，再加十三；還有華北版，淪陷版，桂林版，香港版……等細細的算罷，反正兄弟為了宣揚抗戰文化，就是賠本也要印的。（忽然高興起來）這該是令人多麼高興啊，你看青年讀者正在鬧饑荒的時候，想一個窩窩頭都弄不到嘴，忽然端上一碗燕窩燒魚翅來，讀者多麼幸福啊，好了，好了，你閣下馬上就要名滿天下了！哈哈，啊。

作家　（囁嚅的）可是……

出版老爺　可是有一點美中不足，要是有日本的報紙道林紙，那印出來才生色呢，你說是不是？

作者　（依舊囁嚅的）可是我一家八口……

出版老爺　府上一家八口人嗎？那不算多，彼此不外，談談家事也好，兄弟一家二十四口人，不瞞你閣下說，兄弟就有三個內人，真麻煩啊，要不是從機關裡撈一兩個差事，就是香港飄來的胭脂粉，也足夠清兄弟的家了，哈哈，哈哈，中年了，不敢荒唐了，文化事業要緊啊！

作家　（皺一皺眉，大膽的。）出版老爺是闊人，不敢高攀，只想問一聲稿費怎麼算，因為我一家人都餓得慌。

出版老爺　（即時變了顏色）我希望你沒有神經病才好，虧你想得到，名利雙收啊，我要不是看在有名的作家面上，誰願要這一堆爛紙？我要特別提醒你一句話：書一印出來，閣下就要名滿天下了。

作家　你說，名滿天下同餓肚子有什麼關係呢？出版老爺，你要抵賴我？對不起，我們不必打交道了！（作家站起來，抱了稿子就走，被出版老爺一把抓住。）

出版老爺　閣下肝火太旺，請坐下，好商量。（從懷中取出一張紙，給作家看。）你一定要問稿費的算法，這就是我們書店的版稅章程。

作家　（讀）「各書每一版以十萬本為限，售出後，作家版稅，甲種按照千分之一加小數點三計算，乙種按照千分之小數點六零六計算，其有不能售完十萬本者，應由作家賠償印刷損失，賠償數目按照十萬本價值計算。……」唔，唔，這一筆胡塗帳，算也算不來！不管這些，我只請問一聲，我究竟可得多少版稅？

出版老爺　你好不懂事！閣下大著還沒印出來，怎能算得版稅多少，但是，我可以關照你，因為閣下是有名的大作家，將來版稅就照甲種計算好了，這是優待啊！

作家　（驚愕）唔，唔，這怎麼好！我一家老小都在餓著呢？

出版老爺　那怎麼好，書還沒有付印呢，印出來了，這得要有人買呀，要是賣不來的話，兄弟還得照章程求賠償呢。

作家　看來文章管不了餓，得另想法子去。好，我得告辭了。（站起來大步就走，又被出版老爺一把抓住。）

出版老爺　不行，不行，你沒有簽字，怎麼就走？這是法律問題呀，不然，將來損失，找誰賠償呀！

作家　真苦惱啊，簽字就簽字罷，說不定將來還要吃官司呢。（簽字）

第三場

僕人　（作家正要走出大門，僕人迎上。）作家先生，恭喜恭喜，你老馬上就是富翁了；可是回扣請先賞了罷！

作家　你說什麼？我不懂！

僕人　我說的是版稅的回扣，你先生沒有做過官，也總聽說過衙門的規矩。咱們老爺，出版界的權威，雖說不是衙門，規矩都是一樣。

作家　你的意思是向我打抽豐罷？但是我的稿費一文也沒有到手呀！

僕人　可是回扣照例先交，因為只要出版界的權威收了你的文章，你馬上就要作富翁了！不值，你看門上貼的章程。

作家　章程怎麼說？

僕人　照章回扣先交，每十萬本照百分之五十抽豐。
作家　這從那裡說起？你看怎麼算就怎麼算，反正我身上一文沒有！
僕人　你想抗回扣麼？好，老子自有辦法！
作家　你什麼辦法都可以，我卻一毛不拔！
僕人　（抓著作家衣領）好小子、老子請你吃官司去！
作家　且慢，且慢！你這人肝火太旺，好商量，好商量！（好像對自己說）眼看文章沒有印出來，就要吃官司，想個辦法才好！（忽然大悟）有了，有了！喂，僕人老哥，你真要回扣麼？
僕人　誰與你開玩笑麼？
作家　那麼，我只有這條褲子。
僕人　你那褲子又破又是補釘，要它幹啥子？
作家　破便破，嗶嘰的。
僕人　真霉頭，今天第一筆生意，就碰了這窮鬼；那你就脫下罷！
作家　脫，脫，（褲子脫後，交給僕人。）怎麼，穿著不覺煖，脫了倒怪冷的，（衝門跑出）快回家，快回家，家裡老小等得慌呀！

（幕下）

論文

宋初詞人

詞起源於唐末及五代，大成功於宋，所以宋詞與唐詩，相處的地位，是同一的價值，這是大家所公認的。再者宋詞在中國文藝史上，卻開了許多新的道途，是革新的，不是守舊的。

我們要知道每一代文藝的成功，是演進的不是陡然的，在歷史上的觀察，我們應該尋其先導；如在唐詩的起源，我們要注意四傑，在宋詞的起源，我們卻要注意晏殊柳永諸人。現在我來介紹宋初詞人，也是這種意義。

一、晏殊

北宋最先的詞人，便是晏殊。

晏殊字叔同，臨川人；生於淳化二年（公元九九一），死於至和二年（一〇五五），年六十五歲。仁宗三年（一〇三五）作樞密副使，其後作到宰相，死後謚為元獻。宋代國家，本極多事，晏殊倒作了一生很平安的官，他的性格，很剛毅，很靜適，當時的人都極其推重他。他在宋代所作的有名的事業，便是重興學校，請范仲淹教授生徒，為當時提倡。因為宋自五代以後，所有的學校已經毀廢了，至晏殊為相，方重行收拾起來，這自然是很偉大的事業，所以那時倒有許多有名的人都出其門下。

北宋詞人，皆受五代南唐的影響，而晏殊是最早的一人。有些人說他的詞直接受南唐二主的影響，其實並不是這樣；與其說他受二主的影響，倒不如說他受了馮延巳的影響為得當。再者劉攽山也這樣說：「元獻尤喜馮延巳歌詞，其所作亦不減馮延巳。」雖然我們不能這樣說，晏殊的詞一定像馮延巳，因為他的詞有他個人的聲調顏色，絕不是從事摹仿的。

我們既然承認晏殊多少要受了馮延巳的影響，但是他倆作品不同的究在什麼地方呢？我們在音調上看來，馮延巳哀婉的聲音，絕不似晏殊優閒靜適的聲音；至於在顏色上面看來，馮延巳的濃豔，也絕不似晏殊之平淡；若在意境看來，兩人所表現的，也不能相仿。上面各方面看來，似乎晏殊並沒有受馮延巳的影響，因此我們要知道，晏殊與馮延巳，不過精神上受他影響；而在作品上不能看出痕跡者，正是晏殊能夠有個性的表現，也就是晏殊的詞不朽的地方。且看：

一曲新詞酒一杯，去年天氣舊亭臺，夕陽西下幾時回？　無可奈何花落去，似曾相識燕歸來。小園香徑獨徘徊。（〈浣溪沙‧詠落花〉）

時光只解催人老，不信多情，長恨離亭，滴淚春衫酒易醒。　梧桐昨夜西風急，淡月朧明，好夢頻驚，何處高樓雁一聲。（〈採桑子〉）

我們讀了這兩首，便可以感到一種清新的意境，與婉和閒適的音調，無論如何也不能認作馮延巳的《陽春集》中的作品。因此我們可以說：晏殊的詞，是不用強烈的顏色的渲染，從平淡處，給我們一種清新的妙境；不用激蕩高亢的音調，從婉和處，聲音倒得其自然。但是我們所說他的聲調自然，可不是在木板式的韻律上沒有錯處，關於這一層李清照曾經批評過：

晏殊、歐陽修、蘇軾，則皆句讀不葺之詩耳。（見《苕溪漁隱叢話》）

要知她所說的是固定的音律，我們所說的是自然流動出來的活潑的聲調；因為我們現在來論詞，是不會帶著三家村老先生的眼光，當然這種所謂不協音律的調，便是「不葺之詩」是不成問題的；換句話說：我們所注意的，是作者表現的藝術，不是按盤加子式的本領，現在不妨再舉幾首作他的代表，雖然他的詞很多，不能備舉，不過由寥寥數首裡也可看見一般了：

紅蓼花香夾岸稠，綠波春水向東流；小船輕舫好追遊。漁父酒醒重撥棹，鴛鴦飛去卻回頭，一杯銷盡兩眉愁。（〈浣溪沙〉）

小閣重簾有燕過，晚花紅片落庭莎；曲闌干影入涼波。一霎好風生翠幕，幾回疎雨滴圓荷，酒醒人散得愁多。（〈浣溪沙〉）

小徑紅稀，芳郊綠遍，高臺樹色陰陰見；春風不解禁楊花，濛濛亂撲行人面。翠葉藏鶯，朱簾隔燕，爐香靜逐游絲轉，一場愁夢酒醒時，斜陽卻照深深院。（〈踏莎行〉）

現在要談到他的性格與思想了，他雖然是很剛毅，但是又曠放而達觀；他能夠深深的了解到人生如寄，所以主張即時行樂，關於這一類的思想，在他的詞中，無處不帶著這種色彩，如：

畫鼓聲中昏又曉，時光只解催人老，求得淺歡風日好，齊揭調，神仙一曲漁家

傲。綠水悠悠天杳杳，浮生豈得長年少，莫惜醉來開口笑，須信道，人間萬事何時了。（〈漁家傲〉）

春風不負東君信，徧拆群芳，燕子雙雙，依舊啣泥入杏梁。須知一盞花前酒，占得韶光，莫話匆忙，夢裡浮生足斷腸。（〈採桑子〉）

他看透了夢的人生，所以主張飲酒享樂；但是我們要明白：他不是同晉人一種頹喪的虛空的心情，藐視法理，破壞一切，那麼一樣的心境。他是一個現實的享樂主義，是在生的路上遊戲，或者也可以說他是人間夢遊者，例如：

春花秋草，只是催人老，總把千山眉黛掃，未抵別愁多少？勸君綠酒金杯，莫嫌絲管催，兔走烏飛不住，人生幾度三臺。

他這種現實的享樂態度，很像漢人的：

人生寄一世，奄忽若飇塵。何不策高足，先據要路津？無為守窮賤，轗軻長苦辛。

因此我們知道：他不似晉詩人的頹喪的享樂，倒似漢詩人的現實的享樂。晏殊的藝術與思想，我們已經介紹過，現在我們再來看他的許多好的情詞，但是他的幼子偏故意的為他辯護，如：

晏叔原（幾道）見蒲傳正曰：「先君平日小詞雖多，未嘗作婦人語也。」（見《苕溪漁隱叢話》）

晏叔原所以這樣的說，在現在看來，不過希望他的阿父入聖廟吃「冷肉」罷了！且看：

紅牋小字，說盡平生意；鴻雁在雲魚在水，惆悵此情難寄。　斜陽獨倚西樓，遙山恰對簾鉤；人面不知何處，綠波依舊東流。（〈清平樂〉）

記得香閨臨別語，彼此有，萬重心訴。淡雲輕靄知多少，隔桃源無處。　夢覺相思天欲曙，依前是，銀屏畫燭；宵長歲暮，此時何計，託鴛鴦飛去。（〈紅窗聽〉）

淡淡梳妝薄薄衣，天仙模樣好容儀，舊歡前事入顰眉。　閒役夢魂孤燭暗，恨無消息畫簾垂，且留雙淚說相思。（〈浣溪沙〉）

他那種真摯的情感纏綿的音調；雖然於其最短的幾十字中，便可以認識了他的剎那的生活與情緒的起伏。中國詩詞中關於此類的作品，往往近似猥褻，晏殊倒沒有此種毛病，並且可說別具一種風格。

二、歐陽修

晏殊同時的詞人，雖然也很有幾個，如范仲淹輩；但是我們要找出一個能夠接續晏殊的在文藝史上的位置，卻只有歐陽修。

歐陽修字永叔，廬陵人，晚年又號六一居士。他在當時名望很大，風義氣節，皆為時人所崇仰，他做了很久的官，死後諡為文忠公。他同晏殊的關係，是因為他同范仲淹都同出於晏殊之門。他是生於景德五年（一〇七二）。

修詞所受的影響，直接當然是晏殊，間接則同晏殊同出於南唐。我們每每讀他的文章的時候，都認他是一位古板的道學家，他是一位古文的作家，他是同韓愈一樣的以「文以載道」的擔子自負的。但是我們讀他的詩詞，尤其是他的詞，便認識了他，原來他是一位感情最熱烈最豐富的文藝作家。

羅泌說他：「公性至剛，與物有情。」實在可以算說透他的品格了。他的想像力很大，他對於自然界的一切事物，都能夠感到一種新的生命的玄秘，所以他的作品，不特是詩人的觀察，而且是他個人情感中迸出的，例如他的有名的詞：

庭院深深深幾許，楊柳堆煙，簾幕無重數；玉勒雕鞍遊冶處，樓高不見章臺路。雨橫風狂三月暮，門掩黃昏，無計留春住。淚眼問花花不語，亂紅飛過鞦韆去。（〈蝶戀花〉）

東風本是開花信，及至花時風更緊；吹開吹謝苦匆匆，春意到頭無處問。把酒臨風千萬恨，欲掃殘紅猶未忍，夜來風雨轉離披，滿眼淒涼愁不盡。（〈玉樓春〉）

誰道閒情拋棄久，每到春來，惆悵還依舊；日日花前常病酒，不辭鏡裡朱顏瘦。河畔青蕪隄上柳，為問新愁，何事年年有？獨立小橋風滿袖，平林新月人歸後。（〈蝶戀花〉）

我們由上面的幾首詞看來，不僅僅可以看出他的豐富的感情，與高超藝術的手腕，而可以同時得到一種沉著的渾厚的偉大的氣象，他的這種天才的力量，實在在別的作家很少看見的。

至於他的人生態度，幾乎可說與晏殊的飲酒享樂的態度相同。他自號醉翁；當他貶謫在滁州的時候，曾作〈醉翁亭記〉；在《雙照樓本詞》中有他的詞集名《醉翁琴趣外篇》，因此可以知道他是與酒有緣的。但是他不能完全同晏殊一樣，即晏殊的生的享樂，是同時不會忘掉現世的榮譽，而歐陽修則似乎人生除了此種放蕩的酒的享樂而外，其餘什麼也沒有。如：

十載相逢酒一卮，故人纔見便開眉，老來遊舊更同誰？ 浮生歌歡真易失，宦途離合信難期，樽前莫惜醉如泥。（〈浣溪沙〉）

把酒花前欲問君，世間何計可留春？縱使青春留得住，虛語，無情花對有情人。任是好花須落去，自古，紅顏能得幾時新？暗想浮生何時好，惟有，清歌一曲倒金樽。（〈定風波〉）

其實歐陽修的詞的表現成功處，並不在乎他善於表現思想，即如上面兩首倒不見得怎樣的好，雖然是隨便舉的。

至於若問歐陽修詞的成功處，在什麼地方？那末我們可以得出三點，第一是抒情的，第二是描述自然，第三是樂府的精神。

抒情詞主要的，是情緒宛轉纏綿，並且要十分的真摯，然後才能夠使讀者得到一種高潔的同情與愛的欣慕。他的抒情詞的成功，也就在此。如：

別後不知君遠近，觸目淒涼多少悶；漸行漸遠漸無書，水闊魚沉何處問？ 夜深風竹敲秋韻，萬葉千聲皆是恨；故攲單枕夢中尋，夢又不成燈又燼。（〈玉樓春〉）

屏裡金爐帳外燈，掩春睡騰騰，綠雲堆枕亂鬅鬙，猶依約，那回曾。 人生少有，相憐到老，寧不被天憎？而今前事總無憑，空贏得，瘦稜稜。（〈燕歸來〉）

見羞容斂翠，嫩臉勻紅，素腰裊娜；紅藥欄邊，惱不教伊過；半掩嬌羞，語聲低顫，問道有人知麼？強整羅裙，偷回波眼，佯行佯坐。更問假如，事還成後，亂了雲鬟，被娘猜破。我且歸家，你而今休呵，更為娘行，有些針線，誚未曾收羅，卻待更闌，庭花影下，重來則個。（〈醉蓬萊〉）

一位提倡「文以載道」的古文作家，居然能夠做出這種情意宛轉的詞，在中國文藝史上，實不多見。因此我們知道作者真情的流動，決不是理智所能遏止的。再看他描寫自然的詞：

輕舟短棹西湖好，綠水逶迤，芳草長堤，隱隱笙歌處處隨。 無風水面琉璃滑，不覺船移，微動漣漪，驚起沙禽掠岸飛。（〈採桑子〉）

畫船載酒西湖好，急管繁弦，玉盞催傳，穩泛平波任醉眠。 行雲卻在行舟下，

空水澄鮮，俯仰留連，疑是湖中別有天。（〈採桑子〉）

這兩首是從他的有名的〈詠西湖〉詞中選出的，他描寫自然的長處，是天然生動的，是有生命的。中國描寫自然的作家，固然不少，但是不失之於堆砌，便失之於呆板。我們知道：作家之描寫自然，並不似照片式的，必然要有充實自然的新的生命表現；這便是他描寫自然成功的地方，我們再看他的詞中樂府的精神：

花似伊，柳似伊，花柳青春人別離，低頭雙淚垂。長江東，長江西，兩岸鴛鴦兩處飛，相逢知幾時。（〈長相思〉）

深花枝，淺花枝，深淺花枝相並時，花枝難似伊。玉如肌，柳如眉，愛著鵝黃金縷衣，啼妝更為誰。（〈長相思〉）

何處笛深夜夢回，情脈脈，竹風簷雨寒牕隔。離人幾歲無消息，今頭白，不眠特地重相憶。（〈歸自謠〉）

他這種天然的音調，與婉和不迫的情緒，我們讀了，不禁的便生出一種悠然的遐思。已經粗忽的將歐陽修的詞介紹了。最後，我們覺得：歐陽修在他的時代，本是極力追隨韓愈在唐代的氣焰，於是全身的精力，都費在推崇古文，提倡集古。他的勢力，在他的時代，煽惑了不少人的心，得了不少人的尊重，這自然可說是他的主義上的成功。沒想到在我們現在看來，他永久不朽的成功，卻不在他苦心苦意努力了一輩子的古學，而在他於無意中作出的小詞，這實在出他的意料之外了。

附注：

歐陽修的詞集，現在留下的有三種：《雙照樓》詞中有兩種，一為《近體樂府》，一為《醉翁琴趣外篇》；《六十一家詞》中有一種，即《六一詞》。

三、柳永

現在我們來說到柳永這一派了，在無形中，我們又可以認出柳永等又比晏殊、歐陽修更進一步了。柳永的詞比較與從前進步的，最顯然的有兩方面。一為：晏殊、歐陽修的詞，是早已將古典擺脫了；但是到了柳永，不特不用古典，反將「俚語」入詞；並且以「俚語」入詞，在藝術上還能成功，所以他雖然免不了一般守舊的復古的人們斥罵，但是他們一方面又不敢不深深的佩服。一為：詞從南唐直到歐陽修，不過都是小令成功；到了柳永卻一變而為曼聲長調；我們知道，小令只能夠表現人的剎那間內心的生活，至於吾人的情緒，若稍為起伏纏綿，而時間延長持久，那麼自然二三十字的小令是不夠用，這樣而變成長調，倒是必然的趨勢。

柳永字耆卿，初名三變，樂安人，他的時代，較歐陽修略遲，他於景佑元年（一〇三四）中進士的時候，歐陽修便被貶了。他的官做得並不大，只做到屯田員外郎，故人謂柳屯田，他是詞人，並且又是很好的音樂家，所以他能自度曲，能曲小令變作曼聲，他的生活多失意無聊，葉夢得的《避暑錄話》裡曾有關於他的一條：

> 永為舉子時，多游斜狹，善為歌詞；教坊樂工，每得新腔，必求永為詞，始行於世。余仕丹徒嘗見一西夏歸朝官云：凡有井水飲處，即能歌柳詞。

由此我們知道，他愛「游斜狹」，正是他能夠與民間接近的機會，所以「凡有井水飲處」，便有他的詞，更可見他的詞是民間的，不是士大夫的了。再者教坊樂工，請他為詞，度以新聲，更可以使此在音樂上成功；雖然如此，他的天才大，不為腔調所拘束；不然便成為以後的姜白石這一流人物，只能顧及到音律上的和諧，卻忘記別的了。現在且來看他的長調：

對瀟瀟暮雨灑江天，一番洗清秋，漸霜風淒慘；關河冷落，殘照當樓，是處紅衰翠減，苒苒物華休，惟有長江水，無語東流。　不忍登高臨遠，望故鄉渺邈，歸思難收；歎年來蹤跡，何事苦淹留？想佳人妝樓顒望，誤幾回天際識歸舟；爭知我，倚闌干處，正恁凝愁。（〈八聲甘州詞〉）

其實這一首詞，並不能算他怎樣的好調，不過引此首可以證明他不因音律而束縛他的天才；他一面要音律調協，一面又做出這種情致宛轉的詞！實在是很難得的。

柳永的詞最成功的，便是用「俚語」入詞的白話詞。為了人們說柳詞鄙俗，以致晁無咎來替他辯護；在現在看來，實在沒有辯護的必要；我們儘可大膽說：柳永的鄙俗，正是他的成功的一部分。如：

自春來慘綠愁紅，芳心是事可可；日上花梢，鶯穿柳帶，猶壓香衾臥；暖酥銷，膩雲嚲，終日厭厭倦梳裹無那，恨薄情一去，音書無個。　早知恁麼，悔當初不把雕鞍鎖，向雞窗只與蠻箋象管，拘束教吟課。鎮相隨，莫拋躲，針線閒拈伴伊坐，和我，免使年少光陰虛過。（〈定風波〉）

夢覺清宵半，悄然屈指聽銀箭；惟有床前殘淚燭，啼紅相伴，暗惹起雲愁雨恨情何限；從臥來展轉千餘遍，任數重鴛被；怎向孤眠不暖。堪恨還堪歎，當初不合輕分散，及至厭厭獨自個，卻眼穿腸斷，似恁地深情密意如何拚，雖後約的有于飛願，奈片時難過，怎得如今便見。（〈安公子〉）

我們看這種俗字俗句，如「早知恁麼」、「悔當初」、「怎地」、「怎麼」等等，居然柳氏能夠在八九百年前，輕輕的搬到文藝裡，倒是何等的魄力！況且他那個時代，一般如歐陽修之流，還拚命的復古，他是完全不在乎；我想今日倡文學革命的先生們，膽量也未見得能超過柳氏。

至於柳永愛在教坊間度生活，也不過是一種寂寞的人生，無所歸依，以此消磨歲月罷了。況且他是一個天才放逸的人，尤其易於感到徬徨人世的悲哀；所以他的詞往往表示一種人生孤寂的飄泊，使讀者讀過便覺到一種悵惘的傷感，今隨便舉兩首就可以知道了：

遠岸收殘雨，雨殘稍覺江天暮，拾翠汀洲人寂靜，立雙雙鷗鷺；望幾點漁燈掩映蒹葭浦，停畫橈，兩兩舟人語，道去程今夜，遙指前村煙樹。游宦成羈旅，短檣吟倚閒凝竚，萬水千山迷遠近，想鄉關何處，自別後風亭月榭孤歡聚，剛斷腸，惹

得離情苦，聽杜宇聲聲，勸人不如歸去。（〈安公子〉）

洞房記得初相遇，便只合長相聚，何期小會幽歡，變作離情別緒？況值闌珊春色暮，對滿目亂花狂絮；直恐好風光，盡隨伊歸去。　一場寂寞憑誰訴？算前言總輕負，早知恁地難拚，悔不當時留住，其奈風流端正外，更別有繫人心處；一日不思量，也攢眉千度。（〈晝夜樂〉）

我們看他有這種淒涼的背景，來襯寫人生飄泊別離的心情，是何等的真切，而藝術的手腕，又是何等的力量，陳質齋說他：「尤工於羈旅行役。」我們承認他工，不過是藝術上的本領罷了。若說到他實質的表現，那麼我們卻要歸到他的本身，為他自身感受過的「羈旅行役」的悲哀，便能夠寫出「羈旅行役」的佳詞，然後才能使我們讀者，能夠深深的感動。

我們還要知道柳氏不一定是曼聲的創造者，而他的小詞，做得也極好，在我看來比晏殊、歐陽修還要更進一步；就是他能夠將有趣的白話，滲加到詞中，構成一種很滑稽的風趣。在詞中有此種風趣的表現，實在很少，恐怕如許的詞人，只有他一人能夠到這種境地。如：

有箇人真堪羨，問卻佯羞回卻面，你若無意向他人，為甚夢中頻相見？　不如聞早還卻願，免使牽人魂夢亂；風流腸肚不堅牢，只恐被伊牽惹斷。（〈玉樓春〉）

明月明月，爭奈乍圓還缺？恰如年少洞房人，暫歡會依前離別。　小樓凭檻處，正是去年時節，千里清光又依舊，奈夜永厭厭人絕。（〈望漢月〉）

他這樣清新的詞句，流利的音調，似乎同元人曲中套數的風格一樣；本來是由他這一派曼聲，影響到後來的戲曲，但此時可不必細論。

最後，我們要總結他這個人性格究竟是怎樣，我們由他的詞中可以看出：他的生活雖然潦倒得很，但是他並不悲觀，其實他也不樂觀，對於一切的事物，都不過遇事成趣便了！所以我們可以說他的人生態度，完全是一種遊戲人間的態度。我們於這簡略的幾句話，便可以概括他整個的性格了。

四、張先

柳永同時有張先，字子野，吳興人。他是天聖八年（一〇三〇）的進士，要比柳永中進士那年（一〇三四）早得四年，這樣看來，他還是柳永的老前輩呢。但是，柳永比他先死，他享盛名卻在柳永之後。

張先的詞，可說完全屬於柳永這一派。他的詞在當時很負盛名，有的人恭維他的詞是「協之以雅」、「雅」與「俗」對，當然一般守舊的復古的先生們，還是贊成張先而鄙棄柳永了。但是據我們現在看來，張先的詞，倒遠不及柳永。張先的病，即在他要協之於「雅」的方面，所以他的詞注意詞藻，注意纖巧，我們只從他一首有名的詞便可以看出了：

繚牆重院，時聞有啼鶯到；繡被掩餘寒，畫幕明新曉；朱檻連空闊，飛絮無多少。徑莎平，池水渺，日長風靜，花影閒相照。塵香拂馬，逢謝女城南道；秀豔過施粉，多媚生輕笑；鬥色鮮衣薄，碾玉雙蟬小；歡難偶，春過了，琵琶流怨，都入相思調。（〈謝池春〉）

他的別號為張三影，因為他的詞有「雲破月來花弄影」，「嬌柔懶起，簾壓捲花影」，「柳徑無人，墮飛絮無影」，故人都以三影稱他。其實這幾句，除了纖巧而外，倒不見有什麼好處。但是時人偏以此來稱讚他，而他自己也沾沾以此自喜，這倒是很奇妙的事。

任何種作品，所注重的是整個的表現，不在乎微末處纖巧上用工夫，而張先的詞，卻剛剛與此相反。但是張先還有些好詞，他的特殊的意境，是在《柳集》中找不出來的；然而是短詞，不是長調，今舉如下：

> 水調數聲持酒聽，午醉醒來愁未醒；送春春去幾時回，臨晚鏡，傷流景，往事後期空記省。　沙上並禽池上暝，雲破月來花弄影，重重簾幙密遮燈；風不定，人初靜，明日落紅應滿徑。（〈天仙子〉）
>
> 屏山斜展，帳卷紅綃半，泥淺曲池飛海燕，風度楊花滿院。　雲情雨意空深，覺來一枕春陰；隴上梅花落盡，江南消息沉沉。（〈清平樂〉）
>
> 巴子城頭青草暮，巴山重疊相逢處，燕子占巢花脫樹，杯且舉，瞿塘水闊舟難渡。　天外吴門清霅路，君家正在吴門住，贈我柳枝情幾許，春滿縷，為君將入江南去。（〈漁家傲〉）
>
> 乍煖還輕冷，風雨晚來方定，庭軒寂寞近清明，殘花中酒，又是去年病。　樓頭畫角風吹醒，入夜重門靜；那堪更被明月，隔牆送過秋千影。（〈青門引〉）

上面所舉的四首，很可作他全詞的代表；至於他的長調，實不佳，我也不必去介紹。我們從他的詞中，很可以看出他是一位性格溫厚閒逸的人。倘若我們要將他來同柳永相比較，那末他遠不及柳永天才之大；張才很小，而又為辭藻所拘束；至於說到顏色方面，復不如晏殊、歐陽修等能夠採擇一種自然的鮮麗顏色入詞；再說到表現的力，又不如柳永不失於音律，復不為音律所拘束；因此，我們不能如他那個時代的人來阿諛他，尤其我們不能帶著道學先生的所謂「雅」來估定他的價值。

五、結論

宋初的詞人，本來很多，但是在文藝史上占重要位置的，倒可武斷的說只有上面四個作家。在上面四個作家，倒可分作兩派，第一派自然是晏殊與歐陽修，第二派則是柳永與張先。

第一派的詞，可說完全結束了以前的南唐與五代；至於內容的不同處，便是自我表現的闊大；即如五代的作家，所表現的，往往都是個人本有的生活；而晏、歐諸人，所表現的，雖然也離不掉個人本有的生活，但是想像放大處特多。

第二派的詞，倒成了新的局面，我們已經說過的兩點，現在倒可不必重來敘及，至於現在所要說的，是進一步來說這一派所以創始的淵源。為了我們要觀察這種很有價值與很可注重的問題，自然要在那時候國家的局勢，與社會的情形，與一般知識階級的習慣中，找出我們要明瞭的原因。

宋朝時代雖然有幾百年，但是平安的時期很少；在宋仁宗前後百年之間，倒是太平無事，朝野上下都是很享福的。國家既在平靜的時候，自然諸多繁複的儀禮也隨之而生了，尤其是在朝廷裡面，易於產生；因為作皇帝的，是比一切的人還閒靜，當然享樂的方法也愈奇異而繁複。

那時皇帝每當大宴，必定要有樂語，即一教坊語，二口號語，三勾合曲，四勾小兒隊，五隊名，六問小兒，七小兒致語，八勾雜誌劇，九放小兒隊，這是春宴所用的。其中除了口號同致語是宮體詩而外，其餘都是儷體半文半白的文言；大概當時的情形是一面說白，一面歌唱，但是並不舞。若士大夫們宴會，則專用口號同致語，而歌以侑酒。但是歌以一闋為限，間或有連歌一曲的；歐陽修的〈采桑子〉十一首，趙德麟的商調〈蝶戀花〉十首，一述西湖之勝，一詠會真之事，皆是歌而不舞的（見《宋元戲曲史》）。同時傳到民間，便成為對酒當歌了。到了柳永，便將此貴族的文學，擴而大之，使之完全民間化；兼之他的生活，從來是在歌樓酒館裡廝混，所以他的詞尤易於成功。因此我們知道，他雖然在文藝史上開一新紀元，但是他也有他的淵源，與他的背景。

一九二四，四，初稿

魯迅先生的一生

——在重慶魯迅先生逝世二週年紀念大會的一個報告

有人說，魯迅先生的一生是一首史詩，是的，我們要想知道他的一生，先得看看他所生長的是什麼樣的一個時代。從一八四〇年直到現在，將近一百年的光景，在這一百年的中國歷史上，正是一個暴風雨的時代，外面有帝國主義的勢力，武裝的踏進中國來，而內裡面卻被幾千年的霉爛的封建勢力支配著。這霉爛的封建社會，自然抵不了帝國主義的鐵蹄的踐踏，所以在這些年中劃上了許多血痕，恥辱一天一天的增加，而我們的「魯迅先生」卻生長於這個時代。從他的誕生，直到他死去的前一分鐘，他是和這樣歷史的命運作毫不容情的搏鬥，他要將這歷史的命運粉碎，他要將這歷史的命運拋棄在深淵裡去。我們要了解「魯迅先生」的偉大的人格與工作，我們不得不看一看他所處的是怎樣的一個時代。

他生於一八八一年浙江紹興一個中產人家。十二歲讀書的時候，他喜歡描畫，並蒐輯圖畫。獨對於「二十四孝」中的「老萊娛親」同「郭巨埋兒」表示厭惡，這厭惡完全出於幼小的真誠的心靈，足見從他幼小時的心靈裡已經萌芽了對於虛偽的封建道德的憎恨了。不幸他十三歲的時候，他的祖父因事下獄，家庭中忽然經過這樣大的變故，幾乎家產全沒有了。他就寄居在一個親戚家，有時還被人稱為乞食者。於是他決心回家，適逢他的父親又患重病，三年多才死去，在這三年中為了他父親的病，常常出入於當舖裡藥店裡，這時候他受了不少刺激。他在〈吶喊自序〉上說道：「有誰從小康人家而墜入困頓的麼，我以為在這途中，大概可以看見世人的真面目。」他揭破了幾千年封建社會的假面具，發現了他的真實了！

十八歲的時候，他到南京考入江南水師學堂，據他的〈自傳〉說：「我漸至於連極少的學費也無法可想；我的母親便給我籌辦了一點旅費，教我去尋無學費的學校去，因為我總不肯學做幕友或商人——這是我鄉衰落了的讀書人家子弟所常走的兩條路。」是的，窮乏逼他走進了南京水師學堂。但是，我們知道，他盡可以不拿學費，關起門讀四書作八股，以他的天資，又何難從秀才舉人層往上爬去——這條路是鄉黨親戚所讚美的，達官貴人所常走的大道呀。然而他不屑為，如作商人幕友一樣的不屑為，他竟不顧當時一般人的鄙棄而選擇了去學洋鬼子的一條路。這為什麼呢？他厭惡這霉爛了的封建社會，他決心要去研究另一世界新的智識，他接受了科學。

他在水師學堂半年後轉入路礦學堂，兩年畢業後，被派到日本留學，入東京宏文學院，在宏文學院第二年，他有一首〈自題小像〉的詩，是值得珍貴的文獻：

靈臺無計逃神矢，風雨如磬黯故園，
寄意寒星荃不察，我以我血薦軒轅！

這是一九〇三年作的，他那時正二十三歲。這詩據許壽裳先生的解釋道：「首句說留學外邦所受刺激之深，次寫遙望故國風雨飄搖之狀，三述同胞未醒，不勝寂寞之感，末了直抒懷抱，是一句畢生實踐的格言。」什麼懷抱呢？我來意譯末了一句罷，就是說「拿我的赤血獻給中華民族！」這雖然是意譯，大概沒有譯錯。果真他實踐了他三十年前所說的話，直到兩年前的今天上午五點鐘二十五分鐘！

宏文學院畢業了以後，他進了仙台醫學專門學校，他改了行。為什麼呢？〈自傳〉說「因為我確知道了新的醫學對於日本維新有很大的助力！」同時也因為他的父親誤於中國的醫術，於是擴大他的愛到所有的同胞身上，不要誤死在離奇的中國醫術的手中，要整個民族健強起來！他研究兩年的醫學以後，他又改了行，他要研究文藝。這又為什麼呢？〈自傳〉說：「這時正值俄日戰爭，我偶然在電影上看見一個中國人因做偵探而將被斬，因此又覺得在中國還應該先提倡新文藝，我便棄了學醫，再到東京，和幾個朋友立了些小計畫，但都繼續失敗了。」許壽裳先生〈懷亡友魯迅〉的文中記載當時在東京的談話道：

「我退學了。」他對我說。

「為什麼？」我聽了出驚問道，心中有點懷疑他的見異思遷，「你不是學得正有興趣麼？為什麼要中斷……」

「是的，」他躊躇一下，終於說，「我決計要學文藝了。中國的獃子，壞獃子，豈是醫學所能治療的麼？」

我們相對一苦笑，因為獃子壞獃子這兩大類，本是我們日常談話的資料。

由這簡單的談話中，可以看出他那滾沸的熱情：他要救同胞們無辜的死亡，他去學醫；他又看見單純的健康，無濟於民族的衰落，他又去研究文藝；他是栖栖遑遑的要取得更切要更有意義的為整個民族的工作。

他於是約了幾個朋友，打算創辦一個文學雜誌，雜誌名為《新生》，因為印費關係，沒有實現，這就是〈自傳〉上說的「和幾個朋友立了些小計畫，但都繼續失敗了。」周作人先生說「其時留學界的空氣是偏重實用，什九學法政，其次是理工，對於文學都很輕視，《新生》的消息傳出去時大家頗以為奇，有人開玩笑說這不會是仙台所取的進學『新生』麼？」這樣的環境之下能不失敗嗎？三十年後文學雜誌很多了，三十年前的卻是這樣的困難，足見一個先知者拓荒的工作之艱苦了。然而，他不因為他的《新生》被人冷落和嘲笑於未出世就賊害了而灰心，他又去專門作介紹的工作，一面辛勤的搜輯材料去翻譯，一面艱難的去籌印刷費。終於一九〇九年二月印出一本《域外小說集》，六月又印出一本。這《域外小說集》的原本已經成為近代的難得的善本書了，我往年在北平的時候，曾經得到一本，單就印刷看來，恐怕現在的出版界還沒有那樣的精緻的。我彷彿記著封面上繪的有個將出的太陽，也許就是「新生」的意思罷。我們知道近代的出版界之注意封面及印刷與形式，幾乎完全受他的影響，足見他對於出版界的藝術之講求，決不是偶然的了。至於《域外小說集》的內容，選擇是極謹嚴的，他選擇的小說，一是偏重斯拉夫民族的系統，一是被壓迫民族的作品，日本那時的翻譯界雖然比較發達，然而還沒有注意到這兩方面，周作人先生的〈關於魯迅〉文中，說得很詳細了。他愛斯拉夫民族的系統，那種堅實的反抗的精神，同時他同情於被壓的民族的沉重的氣息。這兩本書的銷售，卻可憐得很，在東京只賣掉二十本，在上海也不過如此，讀者是這樣的少，自然無力再印了。至於《域外小說集》的譯文，蔡元培先生說「譯筆古奧，比林琴南君所譯的，還要古奧。」是的，他那典雅的文筆確不是林琴南輩所能趕得上的。然其翻譯的態度，同後來見解是一貫的，他在第一冊序言上說道：「特收錄至審慎，迻釋亦期勿失文情。異域文術新宗，由此始入華土。」這和後來他反對所謂「意譯」而要保存原文風格的主張是一致的。

《域外小說集》出版的這一年是一九〇九年，他就在這一年回國任浙江兩級師範學堂生理學化學教員，第二年任紹興中學堂教員兼監學，又一年辛亥革命紹興光復，改任紹興師範學校校長。中華民國建國南京臨時政府成立之時，教育部部長蔡先生就請他在教育部任事之後，孫大總統辭職，袁世凱繼任大總統於北京，他即隨教育部北上。袁世凱之任大總統，原是利用北洋軍閥，奪去政權的。政權到手以後，政治陰謀就漸漸暴露，那時他已經看出了。在他〈哀范愛農〉的三首詩中，處處可以看出他的悲憤。他說「風雨搖飄日」，又說「人間直道窮」，又道「狐狸方去穴，桃偶已登場」，這簡直是痛罵當時的新政權了。最後他說：「故人雲散盡，我已等輕塵！」這更可以看出他的內心是如何的悲涼感慨了。在日本時，他要拿文藝轉移性情，改造社會，可是碰壁了，失敗了；回到祖國來，滿清的統治剛推翻，又遇到這樣的反動局面，我們當能想像得到他的痛苦。然而他的心還是熱的，他從古人的著作中來寄寓他的熱情，於是他來整理《嵇康集》，大家都知道嵇康的「非周孔而薄湯武」的名言，他於「故人雲散盡」的時候，只有引古人為同調了。這在前人未始沒有這樣心情的，如黃黎洲晚年喜歡《謝皐羽集》、顧炎武之著《日知錄》，不單是文學的學術的，而是政治的！

此外在這個時期於中國學術方面，卻作了不少有價值的工作，如輯佚方面有《小說鉤沉》、《會稽郡故書雜集》、《小說舊聞鈔》，校勘方面的有《唐宋傳奇集》、《嶺表錄異》，石刻方面的有《六朝造像》、《六朝墓志》，古代美術方面的有《漢畫像》。可惜有的成書了，有的只是材料：如漢畫像的收輯，近代恐怕沒有比得過他的豐富，這種學問，最近才有人注意，而他早在收輯研究了。蔡元培先生屢次想將他這一部分東西印出來，因印費浩大，終於沒有實現，在整理文學遺產的方面不朽著作《中國小說史略》，就在這個時期下了許多搜輯材料的工夫。

一九一八年新文學發難的時候，大家都忙著理論的爭辯，而他發表了他的小說《狂人日記》，從此給中國文學史劃了一個新的時代。「阿Q」現在已成了民族的習語了。在他的兩個小說集裡所表現的正是整個的封建社會的民族性，裡面有種種不同的面孔，這不同的面孔上都深印著幾千年來留下的斑痕，有吃人的禮教，有喝人血的藥方，有不可理喻的愚頑，有癱瘓病似的懶惰，有臭蟲一樣的封建主，有牛馬一樣的苦工，有被壓迫不出氣的呻吟，有無力的沒用的智識分子，……這些都是這古老民族的思想和生活——就是它的文化。這樣文化的民族，禁得起帝國主義的鐵鞭子嗎？自然不能夠的，所以他以悲憫的態度，將它的病源赤裸裸的暴露出來，想把它從痛苦中得了治療，從半死中得救，重新有意義的活下去！有驚奇他的藝術，稱他為「小說家」，我想是不正確的，他的筆端，他的藝術，是以整個的民族為對象呀！

一九一九年起，他開始發表他的雜文，就是後來搜輯起來印出書的《熱風》，我在上面說過，他早就絕情的從封建社會裡跳出來的，惟其如此，他能完全體驗出封建社會的冷熱的徵候，所以毫不容情的攻擊這中國進步的障礙物封建社會的一切。雖然在二十年後的今日，我們再翻開看時，覺得仍舊是我們一塊光明透徹的鏡子。

一九二五年（民國十四年）一部分無恥的士大夫寄生於北洋軍閥的政權之下，形成了一個文化的反動局面，他是單刀獨馬的出來同他們肉搏，他說：「要催促新的產生，對於有害於新的舊物則竭力加以排擊。」又說：「不願在有權者的刀下，頌揚他的威權，並奚落其敵人來取媚。」又說：「有真要活下去的人們，就先該敢說，敢笑，敢哭，敢怒，敢罵，敢打，在這可詛咒的地方擊退了可詛咒的時代！」這些話都是那個時代說的，由此我們可以看出他是怎樣的一個戰士了。

一九二六年，北京不容他再住下去，他就成了廈門大學的文科教授，一九二七年又到了廣東任中山大學文學系主任兼教務主任，一學期後，他就回到上海了。以後，他放棄了個人的教書生活，他決定了他自己要走的路。在文字上在行動上，他是更積極的沒有絲毫的鬆懈工作著。他把握著真理的鐵腕揮著他鋒利無比的匕首，向真理圈子以外的面面擊去！他說過「真的猛士，敢於直面慘澹的人生，敢於正視淋漓的鮮血。這是怎樣的哀痛者和幸福者？」我想，只有我們的「魯迅先生」，才敢直視那慘澹的人生，才敢正面看那淋漓的鮮血。他是哀痛者，是幸福者，也就是勝利者！近年以來，日本帝國主義瘋狂的向我們民族進攻，他發表了許多珍貴的意見。如對於「救亡路線」、「民族革命大眾文學」，正是我們當前走著的一條正確的路。

此外這些年中他關於中國文藝界的培養，在翻譯方面，他介紹世界名著，他介紹新興的文學理論，他主辦專門翻譯的雜誌如《奔流》、《譯文》，這些在中國文藝的土地上，他成了肥料的輸送者。在新的藝術方面，他提倡青年從事版畫，他把國際上的名作介紹給中國青年，終使中國青年的藝術家，博得了國際的讚許。最近中國青年的藝術家在抗戰的洪流中盡了極大的力量，我們能忘卻我們的先知者麼？至於他將寶貴的時間，編輯青年作家的著作，甚至於瑣細的校訂的工作，這些都是為了什麼呢？可惜時間上不能一一詳細的報告，現在我只能將更重要的他的「救亡」意見說一說。

他說：「現在中國最大的問題，人人所共的問題，是民族生存的問題。所有一切生活（包括吃飯睡覺）都與這問題相關，例如，吃飯可以和戀愛不相干，但目前中國人民的吃飯和戀愛卻都和日本侵略者多少有些關係，這是看一看滿洲和華北的情形就可以明白的。而中國唯一的出路，是全國一致對日的民族革命鬥爭！」

他又說：「我以為在抗日戰線上，是任何抗日力量都應當歡迎的……中國目前的革命政黨，向全國人民所提出的抗日統一戰線的政策，我是看見的，我是擁護的，我無條件地加入這戰線，那理由就因為我不但是一個作家，而且是一個中國人，所以這政策在我是認為非常正確的。」

是的，現在中國四萬萬五千萬人，已經鎔化起來成了一個巨人，奮起他的鐵拳，正向日本侵略者打去，不幸，魯迅先生這時候離開了我們，不及看見「全國一致對日的民族革命鬥爭！」這是我們的悲慟，同時我們也可以告慰先生的，就是我們已經實行了先生偉大的教訓，「一致對日的民族革命戰爭！」現在已經抗戰十四個月了，我們的精神卻更團結，我們的力量卻更加強，我們勝利的信念卻更堅決！為了爭取最後的勝利，我們每一個黃帝子孫都得學習先生的精神，就是「拿赤血獻給中華民族！」我們相信，明年今日我們一定可以高唱著偉大的民族革命鬥爭勝利的凱歌，來紀念先生的！

魯迅先生整理中國古文學之成績

敘言

魯迅先生自民國十三年完成《中國小說史略》以後，即未專力於中國古代文學之整理。關於此種著作，遺留下來的雖不多，然皆不朽之著述。又能得風氣之先，為近世學術界導夫前路。如《中國小說史略》一書，即為研究中國小說文學者開山之著作。其他如漢畫石刻以及六朝造像與墓志之搜集與編目，近世學者始稍稍注意及此，而先生則已探討於二三十年之前矣。惟《六朝造像目》與《六朝墓志目》僅屬草稿，漢畫石刻迄未編製，是至可惜，其治學之範圍，知堂分為搜集，輯錄，校勘，研究四項（見《關於魯迅》）。本篇所述，頗異此例。茲以《中國小說史略》為首，而以《古小說鉤沉》、《唐宋傳奇集》、《小說舊聞鈔》附之。因此三書皆為《中國小說史略》之副冊，其體系第三篇至第七篇可為一部分，時代自漢迄隋，此時期之作品多已散佚，今悉見於《古小說鉤沉》中，其第八篇至第十一篇可為一部分，此時期之單篇傳奇文，今悉見於《唐宋傳奇集》中，其第十二至第二十八篇可為一部分，此時期除擬晉唐小說外，皆係白話小說，凡有關於考訂之材料，今悉見於《小說舊聞鈔》中；再次為輯本《會稽故郡雜集》，與校本《嵇康集》。尚有《漢文學史綱要》雖已印入全集中，然此為先生一時之講義稿，後來先生撰著之《中國文學史》，體例與此異，俟後述之。一九三九年，八月，孔嘉記於歇腳庵。

一、《中國小說史略》

先生入北京大學講授《中國小說史略》，為一九一八年，《中國小說史略》著手編撰當始於是年。又三年（一九二三年）十二月以己資印行上卷，明年六月，又印行下卷。其後交北新書局，合兩卷為一冊，今通行之訂正本，初版於一九三七年七月。至一九三五年日本有翻譯本。先生逝世後之兩年有全集本。此數種版本以前，尚有北京大學講義課兩種講義，一為油印，一為鉛印，門弟子中藏有此兩種講義本者，恐只有北平常為君氏。

一九二三年十月七日，先生序言云：

中國之小說自來無史；有之，則先見於外國人所作之《中國文學史》中，而後中國人所作者亦有之，然其量皆不及全書之什一，故於小說仍不詳。

此稿雖專史，亦粗略也。然而有作者，三年前，偶當講述此史，自慮不善言談，聽者或多不瞭，則疏其大要，寫印以賦同人；又慮抄者之勞也，乃復縮為文言，省其舉例以成要略，至今用之。

然而終付排印者，寫印已屢，任其事者實早勞矣，惟排字反較省，因以印也。自編輯寫印以來，四五友人或假以書籍，或助以校勘，雅意勤勤，三年如一，嗚呼，於此謝之。

此序言甚簡略，不足以窺全書之體例，按全書從小說見於著錄始至清末止，共分為二十八篇。篇目之標定：一就小說之體制分，如〈唐之傳奇文〉、〈宋之話本〉、〈元明傳來之講史〉等是；一就小說之內容分，如〈六朝之鬼神志怪書〉、〈明之神魔小說〉、〈明之人情小說〉、〈清之狹邪小說〉等是。近代文學史一類著作，或偏於論述，或側重考證，皆類乎長編，先生是書獨以文學史家的嚴謹態度出之。今為講述方便起見，但就流別、考訂、論斷三方面分述之。

（一）流別：

此指小說史的發展演變而言。先生於每一新的內容與形式之發生，其歷史的背景與環境，皆有一簡括的敘述。如最初的文學作品、淵源於古代的神話與傳說，此在世界各民族，莫不如此。然中國古代神話存於現在者，多星星點點而無整個的有系統的記載。於是說者有謂「華土之民，先居黃河流域，頗乏天惠，其生也勤，故重實際而黜玄想」；有謂「孔子出，以修身齊家治國平天下等實用為教，不欲言鬼神，太古荒唐之說，俱為儒者所不道，故其後不特無所光大，而又有散亡。」（訂正本三四頁）又有說者，以中國古代神話之所以不能保存久遠的，有兩大原因：一、沒有民族詩人，將神話組成驚心動魄的大作品，而傳之永久，如希臘荷馬是也。二、神話歷史化，神話雖藉以保存一部分，而全部已看不見了，如《離騷》、《天問》是也。此皆近人不同之解釋，似各見其一端，而非真實之論，先生則云：

然詳案之，其故殆尤在神鬼之不別。天神地祇人鬼，古者雖各有辨，而人鬼亦得為神祇。人神淆雜，則原始信仰無由蛻盡；原始信仰存則類於傳說之言日出而不已，而舊有者於是僵死，新出者亦更無光焰也。（三四——三五頁）

此種見解，要非對於中國古代人民的宗教觀念有深刻的認識，決看不出這樣真切的原因來。神鬼不別，看來頗單純，其實正是中國人的宗教的真精神。歷史上雖然有過幾個時期，以政治的力量奉道教或釋教為一尊，骨子裡面卻自有其永恆不變的信仰，所謂尊奉道教或釋教者，不過形式主義的發展而已，關於這一層在《小說史》上表現得最明顯，因為小說中所表現的人民的信仰較其他文學作品為最真切，先生於第五篇〈六朝之鬼神志怪書〉中云：

> 中國本信巫，秦漢以來，神仙之說盛行，漢末又大暢巫風，而鬼道愈熾；會小乘佛教亦入中土，漸見流傳。凡此，皆張皇鬼神，稱道靈異，故自晉迄隋，特多鬼神志怪之書。
>
> 文人之作，雖非如釋道二家，意在自神其教，然亦非有意為小說，蓋當時以為幽明雖殊途，而人鬼乃皆實有，故其敘述異事，與記載人間常事，自視固無誠妄之別矣。（五五頁）

於是「方士則意在自神其教，故往往托古籍以衒人」（四三頁）；釋氏則以之輔教，「大抵記經像之顯效，明應驗之實有，以震聳世俗，使生敬信之心」（六九頁）；文士則「引經史以證報應，已開混合儒釋之端」（六九頁）。六朝之鬼神志怪書是這樣產生的，到了宋代，志怪之風亦極盛行，至於產生的原因，同六朝人的情形雖小異而大變」。第十一篇先生論宋之志怪書云：

宋代雖云崇儒，並容釋道，而信仰本根，夙在巫鬼，故徐鉉吳淑而後，仍多變怪讖應之談……。

迨徽宗惑於道士林靈素，篤信神仙，自號「道君」，而天下大奉道法。至於南遷，此風未改，高宗退居南內，亦愛神仙幻誕之書。……（一二五頁）

當時皇帝崇奉道教如此，故文士所作志怪，更欲取信，如李昉之稱徐鉉的《稽神錄》云「詎有徐率更言無稽者！」此種精神與六朝人「以為幽明雖殊途，而人鬼乃皆實有」，絕無二致。

至明代志怪之作，其精神仍與前人一貫，時道釋相溷，稍有不同，先生名之為「神魔」。第十六篇〈明之神魔小說〉云：

奉道流羽客之隆重，極於宋宣和時，元雖歸佛，亦甚崇道，其幻惑故遍行於人間。明初稍衰，比中葉而復為顯赫。成化時有方士李孜，釋繼曉，正德時有色目人于永，皆以方伎雜流拜官，榮華熠耀，世所企羨，則妖妄之說自盛，而影響且及於文章。且歷來三教之爭，都無解決，互相容受，乃曰「同源」，所謂義利邪正善惡是非真妄諸端，皆溷而又析之，統於二元，雖無專名，謂之神魔，蓋可賅括矣。其在小說，則明初之《平妖傳》已開其先，而繼起之作尤夥。凡所敷述，又非宋以來道士造作之談，但為人民閭巷間意，蕪雜淺陋，率無可觀。然其力之及於人心者甚大，又或有文人起而結集潤色之，則亦為鴻篇巨制之胚胎也。（一八九頁）

觀此知自晉至明，雖歷一兩千年之久，幾無變化。而小說史上的巨制，如《西遊記》、《封神傳》、《三寶太監西洋記》又產生於此種精神的環境之中。

道釋相扇的又一面為記人記事的清談，此在小說史上即《世說新語》的時代，清談本屬於玄思，記事其趨於寫實，先生於第七篇中論之甚詳：

漢末士流，已重品目，聲名成毀，決於片言，魏晉以來，乃彌以標格語言相尚，惟吐屬則流於玄虛，舉上則故為疏放，與漢之惟俊偉堅卓為重者，甚不侔矣。蓋其時釋教廣被，頗揚脫俗之風，而老莊之說亦大盛，其因佛而崇老為反動，為厭離於世間則一致，相拒而實相扇，終乃汗漫而為清談。渡江以後，此風彌甚，有違言者，惟一二梟雄而已。世之所尚，因有撰集，或者掇拾舊聞，或者記述近事，雖不

過業殘小語，而俱為人間言動，遂脫志怪之牢籠也。（七七頁）

然要志怪之餘風，形成中國小說史上燦爛之時期者，不是《世說新語》型的作品，而是唐之傳奇文。先生云：

傳奇者流，源蓋出於志怪，然施之藻繪，擴其波瀾，故所成就乃特異。其間亦或托諷喻以紓牢愁，談禍福以寓懲勸，而大歸則究在文采與意想，與昔之傳鬼神明因果而外無他意者，甚異其趣矣。（九〇頁）

從魏晉人鬼神志怪之書直到唐人傳奇之作，可謂別開生面，然從事寫作者，為方士，為釋子，為文人，此皆屬於士大夫層而與民間隔離甚遠。「豁在市井間，則別有藝文興起。敘述故事，謂之『平話』，即今所謂『白話小說』者是也。」（第十二篇〈宋之話本〉，一三三頁），於是市井文學因以發生。先生云：

「以意度之，則俗文之興，當由二端：一為娛心，一為勸善，而尤以勸善為大宗，故上列諸書（指唐宋五代俗文）多關懲勸。……」（第一三三頁）「然據現存宋人通俗小說觀之，則與唐末之主勸懲者稍殊，而實出於雜劇中之『說話』。說話者，謂口說古今驚聽之事，蓋唐時亦已有之，段成式《酉陽雜俎》（續集四〈貶誤篇〉）有云：『於太和末，因弟生觀雜戲，有市人小說，呼扁鵲作「褊鵲」字，上聲。……』李商隱〈驕兒詩〉（集一）亦云：『或謔張飛胡，或笑鄧艾吃。』似當時已有說三國故事者，然未詳。宋都汴，民物康阜，游樂之事甚多，市井間有雜伎藝，其中有『說話』，執此業者曰『說話人』……」（第一三五頁）

「惟說話消亡，而話本終蛻為著作，則又賴此等為樞紐而已。」（第一四八頁）故先有宋元之擬話本，繼而明又擬宋市人小說，從此，中國小說史上之短篇作品略具規模。再由說話分科而為講史，其說三分者，先為平話進而為羅貫中之巨制；其說五代史者，進而為《殘唐五代史演義》；其總集民間英雄故事者，則為光芒四射之《水滸傳》。此在十四、十五兩篇敘述至詳，茲不繁引。至於明清之人情小說，蔚然大圃，雖跡類創體，實亦宋人說話之支流。先生云：

當神魔小說盛行時，記人事者亦突起，取其材猶宋市人小說之《銀字兒》，大率為離合悲歡及發跡變泰之事，間雜因果報應，而不甚言靈怪，又緣描摹世態，見其

炎涼，故或亦謂之「世情書」也。（第十九篇〈明之人情小說〉第二二一頁）

以上所舉，僅就全書大的體系而言，至於每一作者之環境以及作品之淵源與影響，皆有極正確之解釋。而亦有人以為是書獨缺乏社會背景之論述，蓋習見世上通行概論式之著作，以支離之講述為高明，以謹嚴之史載為疏簡，益見其庸妄而已。

（二）考訂：

關於小說史的考訂，較之一般的考訂尤為困難，其困難之所在，就是史料不容易搜集。先生於搜集材料、整理材料，費過很多的精力。如先生所輯佚的《古小說鉤沉》、《唐宋小說傳奇集》、《小說舊聞鈔》，其分量蓋超過《小說史》數倍，然而這些都是《小說史》的副冊。若不事先將各時代的材料鉤稽出來，《小說史》是無法寫的。但在這裡，我不能作一詳細的介紹，因為1.可以參考下面所述輯佚的各書；2.全書每一著者和作品都曾用過心，亦不能詳述。茲略舉數例也就可以見其一斑了。

如第四篇〈今所見漢人小說〉中《漢武洞冥記》一書，題後漢郭憲撰。據席文，則所憑藉者為東方朔而非郭憲，先生云：

郭憲字子橫，汝南宋人，……徒以潠酒救火一事，遽為方士攀引，范曄作《後漢

> 書》，遂亦不察而置之《方術列傳》中。然《洞冥記》稱憲作，實始於劉昫《唐書》，《隋志》但云郭氏，無名。六朝人虛造神仙家言，每好稱郭氏，殆以影射郭璞，故有《郭氏玄中記》，有《郭氏洞冥記》（第五〇頁）

觀此可知《洞冥記》與郭憲之關係，以及方士初意憑藉之所在。

我以為最有意義的是取《唐宋傳奇集》的〈稗邊小綴〉和第七八兩篇〈唐宋傳奇文〉對讀，就可以知道先生考證的態度與方法了。兩書同屬考訂，然一為長編，一為定文，凡定文中所引所略，益見匠心，而《小說史》的謹嚴史例，亦於此見之。即如〈唐宋傳奇文〉上，關於《補江總白猿傳》云：

> 唐初又有《補江總白猿傳》一卷，不知何人作，宋時尚單行，今見《廣記》（四百四十四，題曰《歐陽紇》）中。傳言梁將歐陽紇略地至長樂，深入溪洞，其妻遂為白猿所掠，逮救歸，已孕，周歲生一子，「厥狀肖焉」。紇後為陳武帝所殺，子詢以江總收養成人，入唐有盛名，而貌類獮猴，忌者因此作傳，云以補江總，是知假小說以施誣蔑之風，其由來亦頗古矣。（第九一頁）

〈稗邊小綴〉云：《廣記》題曰歐陽紇，注云，出《續江氏傳》，是亦據宋初單行本也。此傳在唐宋時蓋頗流行，故史志屢見著錄：

> 《新唐書・藝文志》子部小說家類：《補江總白猿傳》一卷。
>
> 《郡齋讀書志》史部傳奇類：《補江總白猿傳》一卷。右不詳何人撰。述梁大同末歐陽紇妻為猿所竊，後生詢子。《崇文目》以為唐人惡詢者為之。
>
> 《直齋書錄解題》子部小說家類：《補江總白猿傳》一卷。無名氏。歐陽紇者，詢之父也。詢貌獮猴，蓋常與長孫無忌互相嘲謔矣。此傳遂因其嘲廣之，以實其事。托言江總，必無名子所為也。
>
> 《宋史・藝文志》子部小說類：《集補江總白猿傳》一卷。

長孫無忌嘲歐陽詢事，見劉餗《隋唐嘉話》中。其詩云：「聳髆成山字，埋肩不出頭。誰家麟閣上，畫此一獮猴。」蓋詢聳肩縮項，狀類獮猴。而老玃竊人婦生子，本舊來傳說。漢焦延壽《易林》（坤之剝）已云：「南山大玃，盜我媚妾」。晉張華作《博物志》，說之甚詳（見卷三〈異獸〉）。唐人或妒詢名重，遂牽合以成此傳。其曰「補江總」者，謂總為歐陽紇之友，又嘗留養詢。具知其本末，而未為作傳，因補之也。（第四七六—四七七頁）

據此，知此傳在宋之為單行本，與此傳之所由作，以及其故事之淵源。特史筆重簡賅，故不鋪陳，然無〈稗邊小綴〉，則不足以知先生搜討之勤，與夫取舍之精審也。

又如小說史上大作家羅貫中的身世，材料非常的少，先生的《小說舊聞鈔》，雖然搜得關於《水許傳》的記載近三十條，所據參考書近二十種，但足資引用者極少，故特以矜慎之態度出之：

> 貫中，名本，錢塘人（明郎瑛《七修類稿》二十三田汝成《西湖遊覽志餘》二十五胡應麟《少室山房筆叢》四十一），或云名貫，字貫中（明王圻《續文獻通考》一百七十七），或云越人，生洪武初（周亮工《書影》），蓋元明間人（約一三三〇——一四〇〇年）。（第一六〇頁）。

《西湖遊覽志餘》又說他是「南宋時人」，先生未之採用，至近年賈仲名《續錄鬼簿》鈔本發現後，羅氏之謎，始得以解決：

> 羅貫中，太原人，號湖海散人，與人寡合。樂府隱語，極為清新。與余為忘年交。遭時多故，各天一方。至正甲辰（一三六四年）復會，別後又有六十餘年，竟

> 不知其所終。

先生不相信他是南宋時人，也不相信他單生於明初，而推定他為「元明間人」，雖不能知他確定的年齡，然先生所推定的，卻與賈仲名的記載大致相符。

又如《蟫史》及《六合內外瑣言》的作者，《天咫偶聞》疑《蟫史》為王曇所作，先生據金武祥的《粟香隨筆》與《江陰藝文志》，知此兩書作者均屬屠紳。於是從《鶚亭詩話》附錄中，覓得紳的小傳。又從《蟫史》中考出作書之時代。如：

> 書中有桑蠋生，蓋作者自寓，其言有云：「矛，甲子生也。」與紳生年正同。開篇又云：「在昔吳儂官於粵嶺，行年大衍有奇，海隅之行，若之所得，輒就見聞傳聞之異辭，匯為一編。」且假傳鼐扞苗之事（在乾隆六十年）為主幹，則始作在嘉慶初，不數年而畢；有五年四月小停道人序。次年，則紳死矣。

這是用本證的方法，往往考證的材料不夠，只得從作品本身中探索，先生於《古鏡記》作者的王度，《南柯太守傳》作者的李公佐，都用這種方法來考訂作者。

他如關於作者對於小說之造意，亦多精要的考訂，如夏二銘的《野叟曝言》，自以為「奮武揆文，天下無雙正士；熔經鑄史，人間第一奇書」。又云「敘事，說理，談經，論史，教孝、勸忠、運籌，決策，藝之兵詩醫算，情之喜怒哀懼，講道學，辟邪說，……」（第三〇四頁）。何以這部小說，包括如許大道理？先生考訂其歷史的背景云：

雍正末，江陰人楊名時為雲南巡撫，其鄉人拔貢生夏宗瀾嘗從之問《易》，以名時為李光地門人，故並宗光地而說益怪。乾隆初，名時入為禮部尚書，宗瀾亦以經學薦授國子監助教，又歷主他講席，仍終身師名時。（《四庫全書》六及十《江陰志》十六及十七）。稍後又有諸生夏祖熊，亦「博通群經，尤篤好性命之學，患二氏說漫衍，因復考辨以歸於正」（《江陰志》十七）。蓋江陰自有楊名時（卒贈太子太傅謚文定）而影響頗及於其鄉之士風；自有夏宗瀾師楊名時而影響又頗及於夏氏之家學，大率與當時當道名公同意，崇程朱而斥陸王，以「打僧罵道」為唯一盛業，故若文白者之言行際遇，固非獨作者一人之理想人物矣。

由此可以知道《野叟曝言》的主角「白素臣」之為某種思想的典型人物了。而與「止崇正學，不得異端」的《野叟曝言》對立的著作《金瓶梅》，其文學上的價值固遠非《野叟曝言》所及，特因其「時涉隱曲，猥黷者多」，「因予惡諡，謂之淫書」。然又何以不走正途而有此類「猥黷」之描寫？先生云：

成化時，方士李孜僧繼曉已以獻房中術驟貴，至嘉靖間而陶仲文以進紅鉛得幸於世宗，官至特進光祿大夫柱國少師少傅少保禮部尚書恭誠伯。於是頹風漸及士流，都御史盛端明布政使參議顧可學皆以進士起家，而俱藉「秋石方」致大位。瞬息顯榮，世俗所企羨，徼幸者多竭智力以求奇方，世間乃漸不以縱談閨幃方藥之事為恥。風氣既變，並及文林，故自方士進用以來，方藥盛，妖心興，而小說亦多神魔之談，且每敘床笫之事也。（第二二六——二二七頁）

足見《金瓶梅》的作者之所以「宣揚穢德」者，原來這些正是當時上層社會所追求的生活，於此，使我們更加認識了這部「淫書」所具有的現實性了。

（三）批評：

昔人言治史應具史才，史學，史識三長，若治文學史，於此三長以外，對於文學本身還得有一種深厚的理解。否則，你雖然搜集了許多材料，而不能認識這作品在文學上的價值，也是枉然。讀先生的《小說史》，不僅我們於此易明白了中國小說歷史的演變，並且於此得到了每一作品本身的價值。如吳敬梓的《儒林外史》與李寶嘉的《官場現形記》，表面上看來正同是一樣的作風，先生則將《儒林外史》列為諷刺小說，《官場現形記》列為譴責小說，蓋諷刺與譴責似同而絕異，先生論之甚詳。云：

寓譏彈於稗史者，晉唐已有，而明為盛，尤在人情小說中。然此類小說，大抵設一庸人，極形其陋劣之態，藉以襯托俊士，顯其才華，故往往不大近情，其用才比於「打諢」。……其近於呵斥全群者，則有《鍾馗捉鬼傳》十回，疑尚是明人作，取諸色人，比之群鬼，一一抉剔，發其隱情，然詞意淺露，已同謾罵，所謂「婉曲」，實非所知。迨吳敬梓《儒林外史》出，乃秉持公心，指擿時弊，機鋒所向，尤在士林；其文又慼而能諧，婉而多諷：於是說部中乃始有足稱諷刺之書。（見第二十三篇〈清之諷刺小說〉，第二七三頁）

而譴責小說則不同：

光緒庚子（一九〇〇年）後，譴責小說之出特盛。蓋嘉慶以來，雖屢平內亂（白蓮教、太平天國、捻、回），亦屢挫於外敵（英、法、日本），細民暗昧，尚啜茗聽平逆武功，有識者則已幡然思改革，憑敵愾之心，呼維新與愛國，而於「富強」尤致意焉。戊戌變政既不成，越二年即庚子歲而有義和團之變，群乃知政府不足與圖治，頓有掊擊之意矣。其在小說，則揭發伏藏，顯其弊惡，而於時政，嚴加糾彈，或更擴充，並及風俗。雖命意在於匡世，似與諷刺小說同倫，而辭氣浮露，筆無藏鋒，甚且過甚其辭，以合時人嗜好，則其度量技術之相去亦遠矣，故別謂之譴責小說。（第二十八篇〈清末之譴責小說〉，第三五五頁）

於此知「諷刺」與「譴責」的分野之所在了。後來先生答文學社問：「什麼是諷刺？」亦云：「『諷刺』的生命是真實；不必是曾有的實事，但必須是會有的實情。所以它不是『捏造』，也不是『誣蔑』；既不是『揭發陰私』，又不是專記駭人所聽聞的所謂『奇聞』或『怪現狀』。」此與十幾年前小說史上的見解是一致的，也就是文學上的不移之定論。

至於小說史中各時代作品，亦多精要之批評，然亦有意從略者，則以人多知其價值者不單論耳。其論《封神演義》云：「書之開篇詩有云，『商、周演義古今傳』，似志在於演史，而侈談神怪，什九虛造，實不過假商、周之爭，自寫幻想，較《水滸》固失空架。方《西游》又遜其雄肆，故迄今未有以鼎足視之者也。」（見第十八篇〈明之神魔

小說〉第二〇九頁）

其論《西遊補》云：「其造事遣辭，則豐贍多姿，恍忽善幻，奇突之處，時足驚人，敢問以俳諧，亦常俊絕，殊非同時作手所敢望也。」（同上篇，第二一八頁）

其論《金瓶梅》云：「作者之於世情，蓋誠極洞達，凡所形容，或條暢，或曲折，或刻露而盡相，或幽伏而含譏，或一時並寫兩面，使之相形，變幻之情，隨在顯見，同時說部，無以上之，故世以為非王世貞不能作。至謂此書之作，專以寫市井間淫夫蕩婦，則與本文殊不符，緣西門慶故為世家，為搢紳，不惟交通權貴，即士類亦與周旋，著此一家，即罵盡諸色，蓋非獨描摹下流言行，加以筆伐而已。」（第十九篇〈明之人情小說〉，第二二三頁）「故就文辭與意象以觀《金瓶梅》，則不外描寫世情，盡其情偽，又緣衰世，萬事不綱，爰發苦言，每極峻急，然亦時涉隱曲，猥黷者多。」（第二二六頁）

其論《儒林外史》云：「吳敬梓著作皆奇數。故《儒林外史》亦一例，為五十五回；其成殆在雍正末，著者方僑居於金陵也。時距明亡未百年，士流蓋尚有明季遺風，制藝而外，百不經意，但為矯飾，云希聖賢。敬梓之所描寫者即是此曹，即多據自所聞見，而筆又足以達之，故能燭幽索隱，物無遁形，凡官師、儒者、名士、山人，間亦有市井細民，皆現身紙上，聲態並作，使彼世相，如在目前，惟全書無主幹，僅驅使各種人物，行列而來，事與其來俱起，亦與其去俱訖，雖云長篇，頗同短制；但如集諸碎錦，合為帖子，雖非巨幅，而時見珍異，因亦娛心，使人刮目矣。」（見第二十三篇〈清之諷刺小說〉，第二七四頁）

其論《官場現形記》云：「故凡所敘述，皆迎合，鑽營、蒙混、羅掘、傾軋等故事，兼及士人之熱心於作吏，及官吏閨中之隱情。頭緒既繁，角色復夥，其記事遂率與一人俱起，亦即與其人俱訖，若斷若續，與《儒林外史》略同。然臆說頗多，難云實錄，無自序所謂『含蓄醞釀』之實，殊不足望文木老人後塵。況所搜羅，又僅『話柄』，聯綴此等，以成類書；官場伎倆，本小異大同，匯為長編，即千篇一律」。（見第二十八篇〈清末之譴責小說〉第三五七頁）

據此，與上文所引更可以互相發明了，其論《花月痕》云：「其布局蓋在使升沉相形，行文亦惟以纏綿為主，但時復有悲涼哀怨之筆，交錯其間，欲與歡笑之時，並見黯然之色，而詩詞簡啟，充塞書中，文飾既繁，情致轉晦。符兆綸評之云『詞賦名家，卻非說部當行，其淋漓盡致處，亦是從詞賦中發泄出來，哀感頑豔。……』雖稍諛，然亦中其失。至結末敘韓荷生戰績，忽雜妖異之事，則如情話未央，突來鬼語，尤為通篇蕪累矣。」（見第二十六篇〈清之狹邪小說〉，第三二五頁）

先生曾云：「世間有所謂，『就事論事』的辦法，現在就詩論詩，或者可以說是無礙的罷。不過我總以為倘要論文，最好是顧及全文，並且顧及作者的全人，以及他所處的社會狀態，這才較為確鑿。」（《且介亭雜文》）先生之著《小說史》，對於每一作者及作品的研究，亦同此態度，特限於篇幅，不能多所徵引，其中許多寶貴之見解，惟在讀者領略耳。

二、《古小說鉤沉》

《古小說鉤沉》是先生輯佚唐以前的小說。清一代輯佚之風最盛，然無人注意到這一方面，自然稗官野叟在過去學者的眼中是沒有地位的。先生是輯，用功至勤，搜羅最富，魏晉六朝散佚的作品，可說盡於此矣。鄭振鐸先生云：

> 在魯迅先生的輯佚工作裡，《古小說鉤沉》最為重要，卻可惜是未完成之作，雖經寫定清本，卻未及著作序跋，說明每一部輯出的古佚書的作者及原書卷帙搜輯經過，像他在《會稽郡故事雜集》所著的序跋一樣。這是我們所最引為遺憾的；因為沒有了這些序跋，便不易見出他艱苦搜輯的經過。（見〈魯迅的輯佚工作〉）

這實在是一件憾事，不能看見先生的序文。當先生在廈門大學任國學院研究教授時，學校當局常要查問教授的成績，先生頗不為然，因對校長說：「我原已輯好古小說十本，只須略加整理，學校既如此著急，日內便去付印就是了。」後來又沒有下文了（見《兩地書》，全集本第二三六頁）。我也曾問過先生何不交北新印，先生總為書賈著想，怕成本大，不能暢銷，書賈吃虧。先生逝世之次年春，在先生寓中，景宋夫人示以是輯手稿，見每種前皆留空白紙數頁，原為抄入序文而設，不幸先生終未及執筆也。

是輯自《青史子》至《旌異記》，共三十六種。為《中國小說史略》第三篇至第七篇之主要材料。但先生輯是書時是進北大講授《小說史》之前抑是以後，年譜上竟未注出。據知堂的《關於魯迅》，知是輯在講小說史之前。此三十六種中有一部分，《中國小說史略》上亦略敘及其源流，是雖未見先生之序文，於是亦可以互見其大要，今移置於此，以供讀者之參考。凡先生未敘及者，今據《藝文志》著錄者補之。

（一）《青史子》：曾見《漢書・藝文志》著錄。《中國小說史略》云：「青史子為古之史官，然不知在何時，其書隋世已佚，劉知幾《史通》云，『青史由綴於街談』者，蓋據《漢志》言之，非逮唐而復出也。遺文今存三事，皆言禮，亦不知當時何以入小說。」今輯得三事，按馬國翰《玉函山房》所輯佚書亦曾輯此，而先生所輯多出《風俗通義》一則。（見鄭振鐸〈魯迅的輯佚工作〉）

（二）《裴子語林》：《中國小說史略》云：「晉隆和（三六二年）中，有處士河東裴啟，撰漢魏以來迄於同時言語應對之可稱者，謂之《語林》，時頗盛行，以記謝安語不實，為安所詆，書遂廢（詳見《世說新語‧輕詆篇》）。後仍時有，凡十卷，至隋而亡，然群書中亦常見其遺文也。」今輯得一百八十事。

（三）《郭子》：《中國小說史略》云：「《隋志》又有郭子三卷，東晉中郎郭澄之撰，《唐志》云，賈泉注，今亡。審其遺文，亦與《語林》相類。」今輯得八十三事。鄭振鐸先生云：「……郭子裡，《玉函山房》本根據《太平御覽》在《北堂書鈔》所引的：『王大嘆曰，三日不飲酒，覺形神不復相親。酒自引人入勝地耳。』以外，又加上了《御覽》所引的：王孝伯問王大：『阮籍何如司馬相如？』王大曰：『阮籍胸中壘塊故須澆之。』但《御覽》並沒有說是郭子之文。魯迅所輯的一本便只據《書抄》引的輯入，不節外生枝的將《御覽》的一段附入。這可見他輯時的認真，不苟且，不亂引『雜』文以自增益。」（見〈魯迅的輯佚工作〉）

（四）《笑林》：《中國小說史略》云：「《隋志》有《笑林》三卷，後漢給事中邯鄲淳撰。淳一名竺，字子禮，穎川人，弱冠有異才，元嘉元（一五一），上虞長度尚為曹娥立碑，淳者尚弟子，於席間作碑文，操筆而成，無所點定，遂知名；黃初初（約二二一），為魏博士給事中，見《後漢書‧曹娥傳》及《三國魏志‧王粲傳》等注。《笑林》今佚，遺文存二十餘事（按為二十九事），舉非違，顯紕繆，實《世說》之一體，亦後來俳諧文字之權輿也。」、「按較以《玉函山房》輯本，先生所輯多出《類聚雜說》十，《續談助》四，《紺珠集》十三，三事。」（見鄭振鐸〈魯迅先生的輯佚工作〉）

（五）《俗說》：《中國小說史略》云：「梁沈約（四四一—五一三，《梁書》有傳）作《俗話》三卷，亦此類，今亡。」按「亦此類」者，係指《世說》而言。今輯得五十二事，皆記晉宋人語緒。

（六）《小說》：《中國小說史略》云：「梁武帝嘗敕安右長史殷芸（四七一—五二九，《梁書》有傳）撰《小說》三十卷，至隋僅存十卷，明初尚存，今乃止見於《續談助》及原本《說郛》中，亦采集群書而成，以時代為次第，而特置帝王之事於卷首，繼以周漢，終於南齊」。今輯得一百三十六事。按就佚文觀之，小說之作，皆收錄秦漢以下群書中雜事諺語成之，有類《世說》，特搜集尤為瞻富耳。

（七）《水飾》：《隋志・小說類》著錄一卷。按《水飾》非小說，乃雜藝術之類，馬國翰《玉函叢書》已輯出，先生之所以收入者，明《隋志》之所謂小說也。馬國翰序云：「《水飾》一卷，隋杜寶撰。《隋志》地理類有《水飾圖》二十卷，又《小說家》有《水飾》一卷，並不著撰人姓名。考《太平廣記》引《大業拾遺水飾圖經》條，載煬帝別敕學士杜寶修《水飾圖經》十五卷新成，以三月上巳日令群臣於曲水以觀『水飾』，因並記『水飾』七十二勢之目，及妓航酒船水中安機等事，云皆出自黃袞之思。然則『水飾』創自黃袞，《圖經》修於杜寶，彰彰可據。」

（八）《列異傳》：《中國小說史略》云：「《隋志》有《列異傳》三卷，魏文帝撰，今佚。惟古來文籍中頗多引用，故猶得見其遺文，則正如《隋志》所言，『以序鬼物奇怪之事』者也。文中有甘露年間事，在文帝後，或後人有增益，或撰人是假托，皆不可知，兩《唐志》皆云張華撰，亦別無佐證，殆後有悟其牴牾者，因改易之。惟宋裴松之《三國志注》，後魏酈道元《水經注》皆已徵引，則為魏晉人所作無疑也。」今輯得五十事。

（九）《古異傳》：《隋志・雜傳類》著錄三卷，永嘉太守袁王壽撰。《新唐志》、《宋史・藝文志》入「小說家」，卷數撰者並同《隋志》，今輯得一事。

（一〇）《靈鬼志》：《中國小說史略》云：「晉時，又有荀氏作《靈鬼志》，陸氏作《異林》，西戎主簿戴祚作《甄異傳》，祖沖之作《述異記》，祖台之作《志怪》，此外作志怪者尚多，有孔氏殖氏曹毗等，今俱佚，間存遺文。」按以上諸書，均有佚文，荀氏《靈鬼志》得二十四事，陸氏《異林》得一事，戴祚《甄異傳》得十七事，祖沖之《述異記》得九十事，祖台之《志怪》得十五事，孔氏《志怪》得十事，曹毗《志怪》得一事。

（一一）《神錄》：《隋志・雜傳類》著錄之，五卷，劉之遴選。《舊唐志》著錄同，《新唐志》入小說家。之遴，梁太常卿，有前集十一卷，後集二十一卷，見《隋志・別集類》。今輯得三事。

（一二）《齊諧記》：《中國小說史略》云：「宋散騎侍郎東陽无疑有《齊諧記》七卷，亦見《隋志》，今佚。」今輯得十五事。

（一三）《幽明錄》：《中國小說史略》云：「臨川王劉義慶（四〇三——四四四）為性簡素，愛好文義，撰述甚多（詳見《宋書・宗室傳》），有《幽明錄》三十卷，見《隋志・史部・雜傳類》，《新唐志》入小說。其書今雖不存，而他書徵引甚多，大抵如《搜神》、《列異》之類；然似皆集錄前人撰作，非自造也。唐時嘗盛行，劉知幾（《史通》）云《晉書》多取之。」今輯得二百六十四事。

（一四）《鬼神列傳》：《隋志・雜傳》著錄一卷，謝氏撰。新舊《唐志》著錄並為二卷，而《新唐志》由雜傳入小說家。今輯得一事。

（一五）《志怪記》：《隋志・雜傳類》著錄三卷，殖氏撰，至隋已佚。今輯得二事。

（一六）《漢武帝故事》：《中國小說史略》云：「《漢武帝故事》今存一卷，記武帝生於猗蘭殿至崩葬茂陵雜事，且下及成帝時。其中雖多神仙怪異之言，而頗不信方士，文亦簡雅，當是文人所為，《隋志》著錄二卷，不題撰人。宋晁公武《郡齋讀書志》始云：『世言班固作』，又云：『唐張柬之書《洞冥記》後云《漢武故事》，王儉造也。』然後人遂徑屬之班氏。」今輯得五十三事。按《通鑒考異》云：「《漢武帝故事》語多妄誕，非班固書，蓋後人為之，托固名耳。」而孫貽讓疑出葛洪手，見《札迻》卷十一。

（一七）《妬記》：《隋志・雜傳類》著錄二卷，虞通之撰。通之，宋黃門郎，有集十五卷，（梁二十卷）見《隋志・別集類》。《新唐志・雜家》有《善諫》二卷，又《雜傳記》有《后妃紀》四卷，今輯得七事。

（一八）《異聞記》：《中國小說史略》云：「《抱朴子》（內篇三）言太丘長潁川陳仲弓有《異聞記》，且引其文，略云郡人張廣定以避亂置其四歲女於古冢中，三年復歸，而女以效龜息得不死。然陳實此記，史志既所不載，其事又甚類方士常談，疑亦假托。葛洪雖去漢未遠，而溺於神仙，故其言亦不足據。」今輯得二事。

（一九）郭季產《集異記》：按《集異記》有三：一為唐長慶光州刺史薛用弱撰，見《唐書・藝文志》；一為唐比部中陸勳撰，見《文獻通考》；一為郭季產撰。今輯得郭文十一事，皆出自唐類書，是知郭為唐以前人。

（二〇）《神異記》：《中國小說史略》云：「方士撰書，大抵托名古人，故稱晉宋人作者不多有，惟類書間有引《神異記》者，則為道士王浮作。浮，晉人；有淺妄之稱；即惠帝時（三世紀末至四世紀初）與帛遠抗論屢屈，遂改換《西域傳》造老子《明威化胡經》者也（見唐釋法琳《辯正論》六）。其記似亦言神仙鬼神，如《洞冥》、《列異》之類。」今輯得八事。

（二一）《冥祥記》：《中國小說史略》云：「王琰者，太原人，幼在交趾，受五戒，于宋大明及建元（五世紀中）年，兩感金像之異，因作記，撰集像事，繼以經塔，凡十卷，謂之《冥祥》，自序其事甚悉（見《法苑珠林》卷十七）。」今輯得一百三十一事。

《中國小說史略》云：「遺文之可考見者，有宋劉義慶《宣驗記》，齊王琰《冥祥記》，隋顏之推《集靈記》，侯白《旌異記》四種，大抵記經像之顯效，明應驗之實有，以震聳世俗，使生敬信之心，顧後世則或視為小說。」今劉義慶《宣驗記》輯得三十五事，顏之推《集靈記》得一事，侯白《旌異記》得十事。

以上之外，尚有《神怪錄》（二事），《異林》（一事），《續異記》（十一事），《錄異傳》（二十七事），《雜鬼神志怪》（二十事），《祥異記》（二事）六書，但知《異林》作者為「清河陸氏」，裴松之云，餘均不知作者與時代。山居不易得書，俟後補入之。

三、《唐宋傳奇集》

自漢至隋小說之散佚者，有《古小說鉤沉》作一總結。是集則限於六朝以下唐宋小說單篇之總集，名之為傳奇者，據《中國小說史略》第八篇〈唐之傳奇文〉（上）云：

小說亦如詩，至唐代而一變，雖尚不離於搜奇記逸，然敘述宛轉，文辭華豔，與六朝之粗陳梗概者較，演進之跡甚明，而尤顯者乃在是時則始有意為小說。胡應麟（《筆叢》三十六）云，「變異之談，盛於六朝，然多是傳錄舛訛，未必盡幻設語，至唐人乃作意好奇，假小說以寄筆端」。其云「作意」，云「幻設」者，則即意識之創造矣。此類文字，當時或為叢集，或為單篇，大率篇幅漫長，記敘委曲，時亦近於俳諧，故論者每訾其卑下，貶之曰「傳奇」，以別於韓柳輩之高文。顧世間則甚風行，文人往往有作，投謁時或用之為行卷，今頗有留存於《太平廣記》中者（他書所收，時代及撰人多錯誤不足據），實唐代特絕之作也。

《且介亭雜文二集》亦有論〈六朝小說和唐代傳奇文有怎樣的區別〉一文，可資參考。是集共八卷，計四十五篇，卷末附〈稗邊小綴〉一卷。先生自序云：

先輯自漢至隋小說，為《鉤沉》五部訖；漸復錄唐宋傳奇之作，將欲匯為一編，較之通行本子，稍足憑信。而屢更顛沛，不遑理董，委諸行篋，分飽蠹蟫而已。今夏失業，幽居南中，偶見鄭振鐸君所編《中國短篇小說集》，掃蕩煙埃，斥偽返本，積年堙鬱，一旦霍然。惜《夜怪錄》尚題王洙，《靈應傳》未刪于逖，蓋於故舊，猶存眷戀。繼復讀大興徐松《登科記考》，積微成昭，鉤稽淵密，而於李徵及第，乃引李景亮《人虎傳》作證，此明人妄署，非景亮文。彌嘆雖短俚語，一遭篡亂，固貽害於談文，亦飛災於考史也。頓憶舊稿，發篋諦觀，黯澹有加，渝敝則未，乃略依次第，循覽一周。

自審所錄，雖無祕文，能囊曾用心，仍自珍惜。復念近數年中，態懇懇顧及唐宋傳奇者，當不多有。持此涓滴，注彼說淵，獻我同流，比之芹子，或亦將稍減其考索之勞，而得玩繹之樂耶，於是杜門擁書，重加勘定，匝月始就，凡八卷，可校印。

此先生自述校輯唐宋傳奇之始末，據序文知重加勘定完成於十六年九月十日，惟始輯於何年，中輟又若干年，則不可知，俟將來日記印行，或可考出。至於是集校輯體例，先生敘之甚詳，茲特錄後，以見先生校錄態度之矜慎：

本集所取資者，為明刊本《文苑英華》；清黃晟刊本《太平廣記》，校以明許自昌刻本；涵芬樓影印宋本《資治通鑑考異》；董康刻士禮居本《青瑣高議》，校以明張夢錫刊本及舊鈔本；明翻宋本《百川學海》；明鈔本原本《說郛》；明顧元慶刊本《文房小說》，清胡珽排印本《琳瑯祕室叢書》等。

本集所取，專在單篇，若一書中之一篇，則雖事極煊赫，或本書已亡，亦不收採。如袁郊《甘澤謠》之《紅線》，李復言《續玄怪錄》之《杜子春》。裴鉶《傳奇》之《昆侖奴》、《聶隱娘》等是也。皇甫枚《飛煙傳》，雖亦是《三水小牘》逸文，然《太平廣記》引則不云出於何書，似曾單行，故仍入錄。

本集所取，唐文從寬，宋制則頗加抉擇。凡明清人所輯叢刊，有妄作者，輒加審正。黜其偽欺，非敢刊落，以求信也。日本有《遊仙窟》，為唐張文成作，本當置《白猿傳》之次，以章矛塵君方圖版行，故不編入。

本集所取文章，有復見於不同之書，或不同之本，得以互校者，則互校之。字句有異，惟從其是。亦不歷舉某字某本作某，以省紛煩。倘讀者更欲詳知，則卷末具記某篇出於何書何卷，自可復檢原書，得其究竟。

向來涉獵雜書，遇有關於唐宋傳奇，足資參證者，時亦寫取，以備遺忘。此因奔馳，頗復散失。客中不易得書，殊無可作。今但會集叢殘，稍益以近來所見，并為一卷，綴之末簡，聊成舊聞。

唐人傳奇，大為金元以來曲家所取資，耳目所及，亦舉一二，第於詞曲之事，素未用心，轉販故書，諒多訛略，精研博考，以俟專家。

本集篇卷無多，而成就頗亦匪易。先經許廣平君為之選錄，最多者《太平廣記》中文。惟所據僅黃晟本，甚慮訛誤。去年由魏建功校以北京大學圖書館所藏明長洲許自昌刊本，乃始釋然……。

按唐宋傳奇，因非載道之高文，向不見重於文苑，綴文之士，不過視為古典，飾其詞藻而已，以致散見類書中，無人加以整理，清代學者校勘輯佚之風雖盛，然皆視為小道，不關經史，絕無人注意及此。又書估貿利，撮拾雕鐫，如《說海》、《古今逸史》、《五朝小說》、《龍威秘書》、《唐人說薈》、《藝苑華》等書，往往妄制篇目，改題撰人，本來面目，割裂不可復辨；甚至輾轉翻刻，譌誤削奪，不能卒讀，先生是集，則將一切紛誤，廓而清之，末附〈稗邊小綴〉一卷，先生者言此不過會集叢殘，聊存舊聞，其實多精心之考證。如：

（一）考證撰者之生平：《古鏡記》撰者，《太平御覽》作隋王度，據《文苑英華》及《戴氏廣異記序》，則知度實已入唐，當作唐人。惟度生平不見唐書，又據《古鏡記》及《唐書・王績傳》，則知度為文中子通之弟，東皋子績之兄。（全集本《唐宋傳奇》四七五—四七六頁）。《霍小玉傳》撰者蔣防及《南柯太守傳》撰者李公佐與《長恨歌》撰者陳鴻，其作品皆為後人所豔稱，而生平轉晦不易知，於是據其本文，旁及他書，雖不能盡得其詳，然亦可略見其生平。

（二）正撰人之誤題：《周秦行記》見《太平廣記》與《宋本校行》之顧氏《文房小說》及《李衛公外集》三本，均題為牛僧孺撰，今據晁公武《郡齋讀書志》改為韋瓘撰。是時有兩韋瓘，皆嘗為中書舍人，又考出此記撰者韋瓘為李德裕門人京兆萬年人。《唐人說薈》題《冥音錄》為朱慶餘撰，東陽《夜怪錄》為王洙撰，《梅妃傳》為于逖撰，《隨煬帝海山記》、《迷樓記》、《開河記》為韓偓撰，《梅妃傳》為曹鄴撰，均屬妄題，特一一糾正之。

（三）正篇名之誤題：《補江總白猿傳》，《廣記》題曰《歐陽紇》，今據史去著錄改之。《離魂記》，《廣記》題曰《王宙》，今據其注文改之。《廣記》題《枕中記》為呂翁，今據《文苑英華》改之。《廣記》題《編次鄭欽說辨大同古名論》為鄭欽悅，今據勞格撰之《唐御史臺精舍題名考》改之。《廣記》題《古岳瀆經》為李湯，今據《輟耕錄》引文改之。《廣記》題《南柯太守傳》為《淳于棼》，今據李肇《國史補》改之。《廣記》題《異夢錄》為邢鳳，題《秦夢記》為沈業之，今據作者沈下賢集改之。

（四）關於故事之淵源及後來之影響：先生序例云：「向來涉獵雜書，遇有關於唐宋傳奇，足資參證者，時亦寫取，以備遺亡。」今所「寫取」之材料，實多關於唐宋小說本身故事之演變，至足珍貴。如沈既濟、許堯佐之《柳氏傳》，據孟棨《本事詩》所記，知屬實事，並非虛造。蔣防之《霍小玉傳》據杜甫《少年行》，知所述非幻設，而實有因。沈既濟之《異夢錄》曼衍於段成式《酉陽雜俎》所記之故事。薛調之《無雙傳》，胡應麟曾以為烏有無是之類，今據范攄《雲溪友議》知無雙即「薛太保之愛妾」，薛調之作，即據以增飾之。《煬帝開河記》，清《四庫目》以為出於依托，然知麻叔謀之酷虐，以及冢中之諸異，今據《資暇集》與《西京雜記》，則知非盡臆造。至於傳奇故事影響於後世詞曲者：明湯顯祖本《枕中記》作《邯鄲記傳奇》、明吳長儒本《柳氏傳》作《練囊記》，清張國壽亦本之作《章臺柳》。以《柳毅傳》為題材者，元尚仲賢有《柳毅傳書》翻案而為《張生煮海》，李好古亦有《張生煮海》，明黃說仲有《龍簫記》。以《霍小玉傳》為題材者，明湯海若有《紫簫記》。以《長恨歌傳》為題材者，清洪昉思有《長生殿》，蝸寄居士有《長生殿補闕》。《南柯太守傳》為題材者，明湯顯祖有《南柯記》。以《李娃傳》為題材者，元石君寶有《李亞仙花酒曲江池》，明薛近兗有《繡襦記》。以《鶯鶯傳》為題材者，當時有楊巨源、李紳輩為詩歌。至宋趙令畤以製《南調蝶戀花》，金有董解元作《絃索西廂》，元有王實甫《西廂記》，關漢卿

《續西廂記》，明有李日華《南西廂》，陸采有《南西廂記》，周公魯有《翻西廂記》，至清查繼佐有《續西廂雜劇》。以《無雙傳》為題材者，明陸采有《明珠記》。以《虬髯客傳》為題材者，明張鳳翼、張太和皆有《紅拂記》，凌濛初或有《虬髯翁》。尚有取傳奇故事為小說者，明凌濛初本《謝小娥傳》為平話，清蒲松齡本《李娃傳》作《鳳陽士人》，明馮猶龍本《隋遺錄》、《開河記》等為《隋煬豔史》尤稱巨帙。

四、《小說舊聞鈔》

《小說舊聞鈔》是先生草《中國小說史略》所搜集之宋元以後小說的史料，印行於一九二五年，又十年一月再版自序云：

「《小說舊聞鈔》者實十餘年前在北京大學講《中國小說史》時，所集史料之一部。時因困瘁，無力買書，則假之中央圖書館，通俗圖書館，教育部之圖書室等，廢寢輟食，銳意窮搜，時或得之，瞿然則喜，故凡所采攝，雖無異書，然以得之之難也，頗亦珍惜。迨《中國小說史略》即成，復應小友之請，取關於所謂俗文小說之舊聞，為昔之史家所不屑道者，稍加次第，付之排印。特以見聞雖隘，究非轉販，學子得此，或足省其復重尋檢之勞焉而已。」

先是有蔣瑞藻氏的《小說考證》一書，印行於世，惟此書體例殊亂，且不免訛誤，如其「並收傳奇，未曾理析，校以原本，字句又時有異同」（見《小說舊聞鈔》初版序），故鄭振鐸氏云：這部《舊聞鈔》一出，所謂「小說考證一類的書、支離破碎的雜輯，便都溘然無色」（《文藝陣地》二卷一期〈魯迅的輯佚工作〉）。

是書分類為：（一）以小說為綱，得四十一部；（二）源流；（三）評刻；（四）禁黜；（五）雜說。末附以引用書目。計引用書有七十六種，其未通觀全部者，僅王圻《續文獻通考》止閱其《經籍考》而已。至其體例，略見於初版自序云：通卷俱論小說，如《小浮梅閒話》、《小說叢考》、《石頭記索隱》、《紅樓夢辨》等，則本為專著，無煩披揀，冀省篇幅，亦不復采也。凡所錄載，本擬力汰複重，以便觀覽，然有破格，可得而言；在《水許傳》、《聊齋志異》、《閱微草堂筆記》下有複重者，著俗說流傳之跡也：在《西遊記》下有複重者，揭此書不著錄於地志之漸也；在《源流篇》中有複重者，明札記臆說稗販之多也。無稽甚者，亦在所刪，而獨留《消夏閒記》、《揚州夢》各一則，則以見悠謬之談，故書中蓋常有，且復至於此耳。

足見是書雖名為《小說舊聞鈔》，實有總結舊聞，考證舊聞之意，使人讀其書知其淵源及其演變，非尋常抄掇之書可比。蓋俗文小說，向不齒於士林，而不經之說，較易流傳人口，如羅貫中因作《水許傳》，累及三代子孫皆啞。《續文獻通考・經籍考》，《丙辰札記》並載之，而此說實初倡於田叔禾之《西湖遊覽志餘》，先生特標出之云：

「案羅貫中子孫三代皆啞之說，始見於此。」王圻之「《續文獻通考》之所謂『說者』，殆即指田叔禾。」

又如王漁洋欲購蒲松齡之《聊齋志異》及蒲松齡強路人說異聞兩事，《冷盧雜誌》、《桐陰清話》、《三借廬筆談》、《新世說》等書，均據為故實，先生特加案語云：「王漁洋欲市《聊齋志異》稿及蒲留仙強執路人使說異聞二事，最為無稽，而世人豔傳之，可異也。」（全集本一〇六頁）其他關於考證者，尤多精到之見。

又如《水滸後傳》陳忱，其時有兩人皆同一姓名，又同為浙江人，於是兩著作因之混淆，先生於《水滸後傳》史實加以案語云：「清初浙江有兩陳忱：一即雁宕山樵，字遐心，烏程人；一字用亶，秀水人，著《誠齋詩集》、《不出戶庭錄》、《讀史隨筆》、《同姓名錄》諸書，見《西浙輶軒錄補遺》及光緒《嘉興府志》。清《四庫全書總目》中有《讀史隨筆》六卷，提要云：「國朝，陳忱，忱字遐心，秀水人云：乃誤兩人為一人也。近胡適作《水滸後傳序》，引汪曰楨《南潯鎮志》，所記雁宕山樵事蹟及著作頗詳。汪志謂道光中范來庚所修。《南潯鎮志》亦云忱又有《讀史隨筆》，其誤與《四庫書目提要》正等。」（全集本九四頁）

又如《女仙外史》作者呂熊，據本書陳奔禧序及劉廷璣品題考之，知熊為明末清初人。（全集本一〇〇頁）又如《紅樓夢》作者之祖曹寅母氏，據《郎潛記聞》三筆知為孫氏，曾入朝得厚賚，此為考雪芹家事者所未道及。亦特拈出之。

至於「評刻」一類，先生於引用七十餘種書中，才得數事，至近年搜求舊版之風大盛，前人評刻之書，出者日眾，若「禁黜」一類，可以見之前人對於小說之觀念。「雜說」一類，雖支離瑣細，亦可以見前人對於小說之研究焉。

〈記錢牧齋遺事〉

《痛史》本〈記錢牧齋遺事〉，不知何人纂輯，除首段記事及末附〈宋徵輿上錢牧齋書〉外，皆係諷刺詩，而諷刺的著眼處，乍看去是專為牧齋寵柳如是而發，細讀又不盡然，這理由很簡單，文網之下，不得不含晦其辭也。如〈長歌虞山行〉寫清師下江南一節云：

> 一朝鐵騎橫江來，熒惑入斗天門開，群公蒲伏迎狼纛，元臣拜舞下鵝臺。掛冠戴笠薰風裡，耳後生風色先喜，牛渚方蒙青蓋塵，更向龍井釣龍子。名王前席拂朱纓，左折宗伯右忻城，平吳利得逢雙雋，投洋何曾有少卿。

本書紀事云，「乙酉之變，首倡迎降者，右班則忻城伯趙之龍也，左班則謙益也」，此即名王前席數句之本事。又云「至是潞藩僑居武林，謙益復遣書招之，始以不失爵士，浙撫張秉貞遂挾潞藩出降，謙益方自以為功，冀得大位。」此即詩中所稱「牛渚方蒙青蓋塵，更向龍井釣龍子」。也。

首倡迎降者之為趙之龍、錢謙益兩人，大概非誣詞，據查繼佐的《罪惟錄》——安宗簡皇帝〈本紀〉云：

「忻城伯戎政趙之龍出示安民曰：此土已上壽北朝矣。」又云：

「禮部尚書錢謙益與忻城伯之龍，咸奉表出百里，郊迎北師也。」

這是同時代的記載，應該可以相信的。若以為還不夠證明，尚有〈嘉定屠城紀略〉在：

明烈皇帝殉國之次年乙酉五月初九日，南都破，弘光出亡。明禮部尚書錢謙益，率先降附，欲樹德東南，以自解於吳人士。郡人周荃，謙益客也，有口辯，密受謙益旨，謁清帥豫王，言吳下民風柔軟，飛檄可定，無煩用兵。王大悅，即日拜官。使降人黃家鼒佐荃，單獨安撫吳中，甫出都門，郡邑長吏望風解印綬，士大夫皆草間求活，所遇輒降。至吳，家鼒南面自若，荃獨微服出沒市廛，郡人多為之用。數日後，明監軍楊文聰率兵五百人入郡城，執家鼒等戮於市，發取庫銀滿載去，莫知所之。荃匿民間免，間行歸豫王。王閱文聰襲家鼒等，始發兵入吳。三吳禍本，實基於此云。

這也是同時代的記載，這不僅說他「率先降附」，並且說他就是嘉定被屠的禍首。不管如何，錢牧齋與趙之龍列席於名王左右，絕賴不了的。且看《江南見聞錄》紀乙酉五月十六日事云：

百官遞職名到營，參謁朝賀如蝟。時將午，禮部尚書錢謙益，引大清官二員，兵役五百餘騎，從洪武門入！謙益向帝闇四拜，因下淚。北兵問故，謙益曰：我痛惜太祖高皇帝之王業，一旦廢墜，受國深恩，能不痛心，北兵歎息。

牧齋此時忽然替明太祖痛惜起來，以至於淚下而令北兵嘆息，這「太史公」自有意見，我們可以不管。但我們由此知道，朝賀之時，這位禮部尚書已經在豫王大營裡幫忙了。（牧齋入清為禮部侍郎，據《清史稿》本傳為順治三年，時猶尚書資格也。）《明季野史》安宗皇帝紀云：

十六日，清豫王入京，百官朝見。王鐸等南面而坐，點諸降臣名。至鄒之禱，不應。王鐸急欲參之，張孫振謂錢謙益曰，此係老先生同鄉同籍，宜為周旋。錢頷之，鄒得無恙。張孫振每對人誇云，非我，鄒衣老幾弄出來，鄒厚酬之。而鄒猶揚揚自稱不屈。

清豫王入南京為五月二十以後，此記大概為豫王在大營受朝見之誤。這一天似為一般降臣報到之日，而此時錢牧齋已能關照到同鄉身上，其地位可想而知了。又《江南見聞錄》云：

二十四日，豫王進城，穿紅錦箭衣，乘馬入洪武門。官員紅素服不等，分班兩旁迎賀。預一日，禮部紅榜徧粘城市，故無一不至。

豫王入南京城受俘大典，自應預先妥為籌備，牧齋為舊禮部尚書，自應由其一手辦理。彼所引入之官員，蓋為有所遵循；而兵役五百，當然係供禮部尚書指揮之用。然牧齋為詩人，為東林黨魁，現為禮部大臣，於新舊交代之際，亦頗有身分。其先叩頭洪武門者，至所以送舊；送舊畢，然後從事迎新，於是如何令百姓設香案，上供「大清國皇帝萬歲萬萬歲」，又如何令百姓寫起「風調雨順國泰民安」的標語四處張貼，又如何令百姓寫著「順民」二字，粘在門口，以及又如何紅榜貼遍四城諭告百官（以上均見《江南見聞錄》）等等。如此大典，可惜《初學集》中，無詩為證，想是這位大詩人已無暇及此了。

這裡還有一個問題，就是以牧齋的重望，當他開始投到豫王駕前的時候，是不是也仿老百姓的辦法，捧了「大清皇帝萬歲萬萬歲」牌位，朱紅的名刺上寫著「順民」兩字呢？不，用不著這樣，另有一份貢禮也。當我在中學讀書的時候，偶然翻閱過陳康祺的《郎潛紀聞》，上面就載有牧齋的貢品單。我之所以還記得有這部書，不得不感謝這書抬頭處太多的關係，——滿清專制皇帝的淫威，真是無所不在。這次我又去翻檢《郎潛紀聞》，為光緒十年琴川刻本，依舊同現代詩似的，參差不齊，空白多於黑字。十一卷裡，果然發現了一紙錢牧齋上大清豫王的貢品單，作者陳康祺云此係見自《謙益鄉人柳南隨筆》。為尋史源，我又去翻檢王應奎的《柳南隨筆》，不意翻遍正續十餘卷，竟未發見。無意中卻在董潮的《東皐雜鈔》裡發見了。云：

《柳南隨筆》載：乙酉五月，豫王兵渡江，弘光暨大學士馬士英走。偽太子王之明。忻城伯趙之龍，大學士王鐸，禮部尚書錢謙益，都督趙其傑等，以南京迎降。至引兵入城，諸臣咸致禮幣，有至萬金者，錢獨致禮甚薄，蓋表己之廉也。其所具

> 柬，前細書太子太保禮部尚書兼翰林院學士臣錢謙益叩首，謹啟上貢。計開：鎏金銀壺一具，琺瑯銀壺一具，蟠龍玉杯一進，宋製玉杯一進，天麻犀杯一進，夔龍犀杯一進，葵花犀杯一進，芙蓉犀杯一進，琺瑯鼎杯一進，文王鼎杯一進，琺瑯鶴杯一對，銀鑲鶴杯一對。宣德宮扇十柄，真金川扇十柄，弋陽金扇十柄，戈奇金扇十柄，百子宮扇十柄，真金杭扇十柄，真金蘇扇四十柄，銀鑲象箸十雙，右啟上貢，又署順治二年五月二十六日太子太保禮部尚書兼翰林院學士臣錢謙益。郡人張滉與豫王記室諸暨曾王佐善，因得見王鐸以下送禮帖子，而紀之以歸。王佐又語滉云，是日錢公奉帖入府，叩首墀下，致詞於王前，王為色動，禮接甚歡云。

《東皐雜鈔》開首即交出「柳南隨筆載」，而《郎潛紀聞》所引或即據《東皐雜鈔》亦屬可能，但無論如何，《柳南隨筆》不應獨缺此條，令人納悶。我這裡所看到的是叢書集成翻印借月山房彙鈔本。並且說明此外尚有「澤古齋重鈔」本，因借月本在先，所以據以排印云。因此我頗以為借月本書以前的初印本一定是有的，後來卻被刪去了。所刪的原因有兩種：第一是由於文禁，據顧士榮序《柳南隨筆》為「乾隆庚申」，此為乾隆五年，至乾隆三十四年時牧齋的所有著作都被毀版了。其時審查老爺亦頗精練，不特牧齋在別人書上的序文不容流傳，就是凡有「錢謙益」三個字的也得剜去，所以初版以後的《柳南隨筆》失落了牧齋的貢品單，不是沒有道理的。有人或許奇怪，昨日還是奴才，今天就成了叛逆，另一看法，豈不又是大明遺老麼？第二：牧齋的貢品單之失落，不是為了文禁，而是出於牧齋的門生故吏之手，還有人或更加奇怪，自己的作品尚在被禁之列，還有力量禁止人家的麼？但我是有旁證的，《鮚埼亭集外編》卷廿九《幸存錄》跋云：

夏文忠公《幸存錄》，有二本，其一稍詳，且志阮大鋮語曰：此敝門生錢謙益也，而一本無之，愚疑前一本乃足本，苦芟之者，乃丙戌以後，東澗（即牧齋）之客，代為洗雪，而削去之耳。嗚呼，此公之瓦裂，雖滅去此一語，亦不足以自蓋也。

足見以奴才以叛逆的身分，即使自謀不足，而制人則尚有餘力。雖然，王應奎《柳南隨筆》之失去牧齋的貢品單，還是屬於前一說文禁關係有合理也。

附記：

我抄完了錢牧齋遺事後，不禁有所感喟，全謝山說此公平生瓦裂，而我偏想將瓦裂了的瓦片，收集起來，真是無聊之極；因為即使把這些破瓦片，合攏一起，也不會成一個像樣子的東西了！於是我又想到大的問題上去了。今日的時勢，在任何方面都不能和晚明相比，而比跡於錢牧齋者，卻偏有其人，反正禁不起霜雪的瓦，遇了微風也會裂的，——這沒有用的東西，只有讓他裂罷。

讀《日知錄校記》

黃侃據清雍正時抄本顧炎《日知錄》，校以今刻本，而成《日知錄校記》一書。此書為其弟子龍沐勛教授校刻，龍教授者即蹀躞於海上遺老圈中而倡蘇辛詞者，今以入南京汪家任「立法委員」聞矣。偶在友人處得到此書，頗為之喜，尤其是初印藍字本，並有龍教授親筆「刊者寄贈」，下印以白文「風雨龍吟室」小章。

不佞可不是玩版本的，還是來談談此書的內容罷。像《日知錄》這樣跡近骨董的書，青年人未必讀，或讀而未必檢黃侃的校刊記，然而關於此書的事件，青年人能夠知道一點卻未始無用，就是亡國遺民的著作如何經過改竄劫殺才能白紙黑字的印將出來。要使你戴了假面登場，這假面不被揭破且永遠戴下去，如章太炎先生的序文云：

昔詩讀《日知錄》，怪顧君仕明至部郎，而篇中稱明與前代無異，疑為後人改竄，又「夷狄行乎夷狄」一條，有錄無書，亦以為乾隆抽毀也。後得潘次耕初刻與傳本無異，則疑顧君真跡已然，然結橋不怍者久之。去歲聞友人張繼得亡清雍正時寫本，其缺不書者故在，又多出胡服一條，灑灑千餘言，其書明則曰本朝，涉明諱者則用之字，信其為顧君真本，曩之所疑，於是砉然凍解也。

足見顧亭林戴了假面出場幾至三百年之久，也就是專制主的淫威能活生生的留在後世！今見《日知錄》一書，雖古本線裝，拙劣可厭，而其中專制主的劍血，猶依稀可見！除章氏所舉者外，其中「戎狄」、「夷」、「虜」、「胡」等字皆被改去，或作「戎瞿」，或作「外國」，或作「寇」，「四夷」則作「四裔」，即刪夷之「夷」字，亦必改作「刪」或改作「略」。其刪易文句者如卷二「惠迪吉從逆凶」條之「夷狄之種亂於中國無猾華之防」改為「朔漠之姓，於諸夏失氏族之源」；又如卷四「吳楚夫君書大夫」條之「聖人之心，無時而不在中國也，嗚呼」，而改作「聖人之心，蓋可見矣」。又如卷七「管子不死子糾」條，「此亦強為之說」下竟刪去「夫子之意，以披髮左袵之禍，尤重於忘君事讎也」，這深刻的民族意識，當然在必刪之列了。

此外便是藉史實而指時事的，如卷四「納公孫甯儀行父於陳」條，被刪去七十七字，文云：

有盜於此，將劫一富室，至中途而其主為僕所殺，盜遂入其家殺其僕曰：吾報爾仇矣。遂有其田宅貨財，子其子，孫其孫，其子孫亦遂奉之為祖父。嗚呼，有是理乎？春秋之所謂亂臣賊子者，此非而誰邪？

這將異族和漢奸合起來痛罵一通。清多爾袞入關以後，占據北京以及出兵江南，就是藉口替明朝報仇——等於今之日本所謂「新秩序」，其致史可法書云：

方擬天高氣爽，遣將西征，傳檄江南，聯兵河朔，陳師鞠旅，戮力國後，以報爾君父之仇，彰我朝廷之德。豈意南州諸君子，苟安旦夕，不審事機，聊慕虛名，頓忘實害，予甚惑之。夫國家之定燕都，乃得之於闖賊，非得之於明朝也。賊毀明朝之廟主，辱及先王，國家不憚征繕之勞，悉索敝賦，代為雪恥，仁人君子，何以報德耶？

此便是敵人闖入「有其田宅貨財，子其子，孫其孫」的理論。至云「其子孫亦遂奉之為祖父」，其例亦俯拾即是，如多爾袞這篇中國古文，既不是滿洲文，更不是滿洲種的大筆，其代筆者一望而知其為甘心充異族子孫的文士。今之敵人與昔不同，雖然亦有人奉之為祖父，而新子孫的文章，反出之於祖父代筆，故難得流暢的「華文」，常飄蕩於我們的領空中也。為要具體一點知道新子孫的作法，不妨再找點史實看看，《明季北略》卷二十〈吳三桂請清兵始末〉云：

初三庚寅，北京諸臣迎候於朝陽門外，……及城門，吳兵前異者，城上已滿插白旗矣。大清國來者，乃攝政王，入君武英殿，侍郎王鰲永從入，見上下同坐於地，乃潛走出。至初五壬辰，沈維炳王鰲永金之俊投職名入內，攝政王令各官俱照舊，又具勸進表上之，攝政王關門不出。其內院大學士范文程接見，笑曰：此未是皇帝，吾國皇帝，去歲已登極矣，何勸進之有。於是攝政王令，自初六癸巳，始為先帝設位帝王廟，哭臨三日，隨議謚號議彝隧，俟事畢削髮。

此為崇禎十七年五月事，距崇禎皇帝之死不過月餘。這好像一爿商店，舊的主人賠本而逃，及新的主人趕到時，原有夥計於是一面忙著結帳邊交代，一面又忙著籌備接收開張大吉。可惜勸進表不能看見，不然，此一篇開國宏文一定是很有趣的。然而北京政府中文武官員的尷尬像，這還不夠瞧的，且看一看清攝政王入京前一個多月李自成陷北京的情形罷。《明季北略》卷二十〈諸臣投職名〉條云：

二十一：百官報名者甚眾，以擁擠故，被守門長班用棍打逐。早起，承天門不開，露坐以俟，賊卒競辱之，竟日無食，有云：肚雖飢餓，心甚安樂。賊初入時，縉紳恐以冠裳賈禍，悉毀其進賢冠；及二十日，見賊報名，偽主笑口頓開，從梨園中覓冠冠之，費踰三四金。二十一日，各穿本等吉服入朝。

又卷二十三〈辛亥諸臣點名〉條云：

百官囚服立午門外，約四十餘人，凡遇賊黨，咸強笑深揖。及俟宋至，眾人跪問新主出朝否？宋罵曰：汝曹不戮為幸，些時豈不耐耶？眾恧而退。

又〈三月二十六勸進本末〉條云：

先是，二十三：朱純臣陳演率百官勸進，不得入。二十五：偽禮府鞏焴，亦隨駕各官，率耆老上表勸進，焴故陝西提學僉事也，至次日二十六甲寅為勸進之始，其表有云：比堯舜而多武功，邁湯武而無慚德，周鐘目為得意之語。

周鐘者，崇禎朝的名士，復社的領袖，偽宏文館簡附，其時甚為得意。偽天佑閣大學士牛金星見之，呼曰，此周介生先生乎？命作〈士見危致命論〉，大稱賞之，鐘於是逢人自誇牛老師知遇。漫說賊朝廷無人才，而牛金星便出了一個好題目也。現在再看一看南京宏光政府的官員如何？《南明野史》卷二云：

十六日，清豫王入京，百官朝見。王鐸等南面而坐，點諸降臣名，至鄒之琳，不應。王鐸急欲参之，張孫振謂錢謙益曰：此係老先生同鄉同籍，宜為周旋，錢領之，鄒得無恙。張孫振每對人誇云：非我，鄒老先生幾弄出來。鄒厚酬之，而鄒猶揚揚自稱不屈。

此係弘光元年五月事。這史實甚多，引不勝引，即此亦感煩厭，書歸正傳罷，足見顧亭林的盜劫富室之喻算不得無的放矢。但是，盜劫富室，古今多有，不足為奇；所奇者富室子孫，將錯就錯，以有奶便是娘的辦法，馬上擁戴起新的祖宗來，曠觀古今竟不乏其人，斯所不解耳！此外還有一事堪注意者，顧亭林此段文章，何以竟被刪去？又刪者不是官府而是亭林高弟潘次耕，即初刊《日知錄》者，此又何故？太炎先生序云：

頗怪次耕為顧君徐昭法門下高材，造郄受命，宜與恆眾異，乃反刓定師書，今面目不可全睹，何負其師之劇耶？蓋亦懲於史禍有屈志而為之者也。

太炎先生此論，甚為通達。蓋次耕為清初橫被莊氏史禍的潘檉之弟，自然不敢再蹈阿兄的覆轍，即亭林亦不願其如此。其有寄潘節士之弟耒詩云：

筆削千年在，英靈此日淪，猶存太史弟，莫作嗣書人；
門戶終還汝，男兒獨重身，裁詩無寄處，掩卷一傷神。

這詩是相當沉痛的。故及次耕刊印師書時，不得不從而刪定之——等於屠殺的刪定，然而這正暴露了專制主的淫威，不曾假借於劊子手，而人民就悄然的自相活埋了。現在，我們雖然發現了次耕負師的鐵證，同時也可以想像出次耕當時的心情來。

錮黨史話

一

中國「正史」的〈五行志〉，想是任何國家的歷史所沒有的，他們拿陰陽五行之說，來解釋一切的政治社會現象，——這也就是被豔稱的所謂「天人之學」。要是說明顯些，都不外將活生生的血的事實，塗上模糊不清的神秘的色彩；例如大者山崩日蝕，小者什麼人死了又活起來，女人生了怪胎等等，這一切都是上天對於下民的徵兆，也就是警惕老百姓們，你們不要埋怨皇帝老子的政治不好，那是天命應該如此；一經命定，便是不可挽回的了，你們放乖些罷，你們服從呀！後漢桓帝末年，當時首都有這樣一首童謠：

芳田一頃中有井，
四方纖纖不可整，

嚼復嚼，
今年尚可後年鐃！

〈五行志〉的解釋云：「芳田一頃者，言群賢眾多也，中有井者，言雖阨窮終不失其法度也；四方纖纖不可整者，言姦慝大熾不可整理；嚼復嚼者，京師飲酒相強之辭也！言食肉者鄙不恤王政，徒耽宴飲歌呼而已也；今年尚可者，言但禁錮也；後年鐃者，陳竇被誅天下大壞。」這首童謠，確不好懂，經了五行家解釋，不禁令人毛骨悚然。原來這不可懂的童謠，是群賢被屠殺，天下大亂之兆也。這又簡單了，不是什麼難懂的了，但我之所以能懂，不是那童謠本身，而是五行家所解釋的史實。這史實翻一翻〈黨錮列傳〉就可以知道了，——〈黨錮列傳〉卻與〈五行志〉不同，它是以蘸血的筆寫出的，它底專制主的荒暴畫了供！我想，我們這個時代的青年，都應該讀一讀，雖然我並不相信歷史是一面鏡子；〈五行志〉可不必讀了，科學昌明時代，代替的自有學者們「貞元三書」之類。

下面是〈黨錮列傳〉敘論的話：「太尉掾范滂等百餘人，皆死獄中，餘或先歿不及，或亡命獲免，自此諸為怨隙者，因相陷害，睚眦之忿，濫入黨中；又州郡承旨，或有未嘗交關，亦離禍毒，其死徒廢禁者，六七百人。」又云：「海內塗炭，二十餘年，諸所蔓衍，皆天下善士。」范滂一案，就株連了六七百人，而這牽連竟延綿至二十餘年，則被害者之多之慘，已為歷史家無法統計與想像的了。可是在五行家看來，一面是食肉者不恤王政，一面是因有被誅者而影響了食肉者的天下；換句話說，你們好人固然倒楣，而人家有天下的也就覆亡了；但是既經上天預兆於無知的兒童的口中，便是有數存焉，怪不了誰的，被屠殺與被禁錮者，都是活該！

我雖非五行家，我之解釋，卻不大錯，如不相信，我再提供證據來。輯本應劭《風俗通義》云：「延熹中，京師長者皆著木屐，婦女始嫁，至作漆畫屐，五采為系。謹案：黨事始發，傳詣黃門北寺，臨時惶恐，不能信天任命，多有逃亡，不就考者，九族拘繫，及所過歷，長幼婦女，皆被桎梏，應木屐象矣。」此「謹案」為應劭的解釋，應劭者即曾向鄭玄自稱「故太山太守應仲遠」者。應仲遠的識見雖不如《論衡》作者王仲任，然尚不失為後漢的通達之士，可是依然脫不了五行家氣，蓋五行說之在後漢，原屬官學，猶之今之統治者必有一主義作幌子也。但仲遠所說的黨事，仍與〈黨錮列傳〉有關。〈張儉傳〉云：「刊章討捕，儉得亡命，困迫遁走，望門投止，莫不重其名行，破家相容。……其所經歷，伏重誅者以十數，宗親並殄滅，郡縣為之殘破。」又〈孔融傳〉云：「儉與融兄褒有舊，亡抵於褒，不遇；時融年十六，儉少之而不告，融見其窘色，謂曰：兄雖在外，吾獨不能為君主耶？因留舍之。後事泄，國相以下，密就掩捕，儉得脫走，遂並收褒融送獄，二人未知所坐。融曰：保納舍藏者融也，當坐之；褒曰：彼來求我，非弟之遇，請甘其罪；吏問其母，母曰：家事任長，妾當其辜；一門爭死，郡縣疑不能決。」不必多引，單就張儉之逃亡，便足證明：光明與黑暗，暴力與正義，在任何時代，都是相膠著的；而五行家的看法則大不然，即使「九族拘繫」、「一門爭死」，都是「不能信任天命」，罪有應得，上天不是先已示兆於女人的漆花高屐了麼？寫到這裡，要奉勸讀者諸君，千萬不要輕視今之仕女的高跟鞋，以古例今，它會關係於諸君的命運的；不僅如此，像吉普車或口紅之類，都不可輕視，要知天人消息，無往不在的。又如《風俗通》云：

「孝靈帝建甯中，京師長者皆以葦辟方笥為妝。其時有識者竊言葦方笥，郡國讞篋也，今珍用之，天下皆當有罪讞於理官也。後黨錮皆讞廷尉，人名悉入葦方笥中，斯為驗矣。」此所謂「讞笥」者，並不難解，即今北平各地的告密箱是也；所難解者，天下老百姓皆當有罪，還有誰來告密？若以此有罪而被告彼有罪，這在官方（廷尉）又不勝其憚煩；若單以官方作告發人，有一兩便衣少年足夠了事，「讞笥」之設更用不著；想來想去，實不得解，反正已有「閉特」矣，此置之不論可耳。

本來想介紹〈五行志〉，不意說了一通，竟是〈黨錮列傳〉上的事，率性再說幾句關於〈黨錮列傳〉的話罷。〈黨錮列傳〉是《後漢書》所獨有的，〈五行志〉不僅前漢書已有，而《後漢書》以下的「正史」還有，這自然因為年來歷史專家以為盡有黨錮，用不著為之列傳了。要讀〈黨錮列傳〉最好拿〈宦者列傳〉作參考，這兩者雖沒有五行相生的關係，卻有相為因果的關係，如云：「構害明賢，專樹黨類，其有更相援引，希附權彊者，皆腐身熏子，以自衒達。同敝相濟，故其徒有繁，敗國蠹政之事，不敢單書（單，盡也）。所以海內嗟毒，志士窮棲，寇劇緣閒，搖亂區夏，雖忠良懷憤，時或奮發，而言出禍從，旋見孥勠。因復大考鉤黨，轉相誣染。凡稱善士，莫不離被災毒。」這不過抄幾句〈宦者列傳〉的敘論，讀書諸君，自家對照的看好了。同時亦不妨看看《後漢書》的〈逸民列傳〉，也可藉此知道一下，在屠殺與被屠殺以外，尚有一種「裂冠毀冕，相攜持而去之者」的人生態度。

我之所以寫這篇文章，不外自家恭逢民主時代，而同情到未曾沾民主光的古人，只是自家讀了一遍，不禁失笑起來，這似乎在指明專制主的覆亡之路——像賈長沙的〈過秦論〉，這不僅無此必要，更如何可以？難道要學戰國策士，向誰上書麼？傳道者說：「風往南颳，又向北轉，不住的旋轉，而且返回轉行原道。」這古老的傳道者的話，我不是歷史還原論者，不會相信的；因為現在已經是民主了。

二（此節原題〈瞻烏爰止，于誰之屋〉）

任何一民族的歷史，總不會被切斷被抹殺的，這好像一根轆轤繩子，雖然落到幾丈深的水井裡，仍舊可以汲回去，——這話說來，頗有語病，彷彿我在提倡「文化還原論」似的。然而不然，歷史的事卻有點突特，光明與黑暗，邁進和後轉，往往是相映成趣的。因為歷史上的人可以活起來，活著的可以等於腐尸的，如果不信，一查歷史，便會明白。但是歷史簿子，多得如「汗牛之充棟」，從何讀起？這亦有捷徑——學者們當笑我在賣狗皮膏藥了，我卻真個相信是有捷徑的。例如要知道後漢怎樣亡掉的，就用不著去讀所有的漢代史，但翻一翻《後漢書》的〈黨錮列傳〉和〈宦者列傳〉兩相對照，便可知其大概，這話我在上文已說過了。如〈黨錮列傳敘〉云：「海內塗炭，二十餘年，諸所蔓衍，皆天下善士。」而〈宦官列傳敘〉云：「大考鉤黨，轉相誣染，凡稱善士，莫不離被災毒。」單看這寥寥數言，似范蔚宗為此兩傳時，猶懷戰慄而含痛惜，而漢之覆亡，亦明若觀火。

在「凡稱善士，莫不離被災毒」的時代，則「善士」的內心苦痛，〈黨錮列傳〉裡已有許多慘酷的記載，這裡不必引證了。在離被災毒的生活以外，還可以看出一種遠引避禍的生活方式，《後漢書》卷八十三〈陳留老父傳〉云：

陳留老父者，不知何許人也。桓帝世，黨錮事起，守外黃令陳留張升去官歸鄉里，道逢友人，共班草而言。升曰：「吾聞趙殺鳴犢，仲尼臨河而反；覆巢竭淵，龍鳳逝而不至。今宦豎日亂，陷害忠良，賢人君子其去朝乎！夫德之不建，人之無援，將性命之不免，奈何？」因相抱而泣。老父趨而過之，植其杖，太息言曰：「吁，二大夫何泣之悲也？夫龍不隱鱗，鳳不藏羽，網羅高懸，去將安所？雖泣何及乎？」二人欲與之語，不顧而去，莫知所終。

陳留老父顯然是楚狂接輿一流人物，既知「網羅高懸」，故主張龍要隱鱗，鳳要藏羽。然其時亦有「龍不隱鱗，鳳不藏羽」而能游羽於網羅之外者，一代高名的郭林宗便是。范書稱：「林宗人倫，而不為危言高論，故宦官擅政而不能傷也。」蔡邕〈郭有道碑〉亦云：「將蹈洪崖之遐跡，紹巢父之絕軌，翔區外以舒翼，超天衢以高峙。」看來林宗處亂世似真能「危行言遜」者。然在陳留老父一流人看來，林宗的處世法仍有不足。《後漢書》卷五十三〈徐穉傳〉：

穉嘗為太尉黃瓊所辟，不就。及瓊卒，歸葬，穉乃負糧徒步到江夏赴之，設雞酒薄祭，哭畢而去，不告姓名。時會者四方名士郭林宗等數十人，聞之，疑其穉也，乃選能言語生茅容輕騎追之。及於塗，容為設飯，共言稼穡之事。臨訣去，謂容曰：「為我謝郭林宗，大樹將顛，非一繩所維，何為栖栖不遑甯處？」

又《後漢書》卷八十一〈范冉傳〉云：

冉好違時絕俗，為激詭之行。常慕梁伯鸞、閔仲叔之為人，與漢中李固、河內王奐親善，而鄙賈偉節、郭林宗焉。……遭黨人禁錮，遂推鹿車，載妻子，捃拾自資，或寓息客廬，或依宿樹蔭，如此十餘年。……中平二年，年七十四卒於家，臨命遺令勑其子曰：「吾生於昏闇之世，值乎淫侈之俗，生不得匡世濟時，死何忍自同於世，氣絕便斂，斂以時服。」

徐穉加林宗以諷勸，范冉對林宗以鄙視，是林宗雖為後世史家所推尊，而其行跡實不足以比類隱淪，蓋林宗雖未被黨禍，亦時露火氣也。如《後漢書・郭本傳》云：

建寧元年，太傅陳蕃、大將軍竇武為閹人所害，林宗哭之於野，慟，既而歎曰「人之云亡，邦國殄瘁」，「瞻烏仰止，不知于誰之屋」耳。

「網羅高懸」，猶發此憤慨，其未被黨禍，已屬僥倖。試觀鄭康成一生孜孜於五經，未嘗交接名流，互相品題，而終為黨錮中人，此郭林宗之所以僥倖而被諷勸被鄙視也。

三（此節原題〈跋後漢兩碑文〉）

理學家輕視歷史者，以為玩物喪志，無關身心：非理學家所以輕視歷史者，大概是以今例古，——則歷史上的好人，也黯然無色了。偶檢《安徽通志・金石古物考》，有兩首漢碑文，正是關於歷史，可信與不可信的。

一是太監費亭侯曹騰碑陰，碑文缺字甚多，已不能貫串，觀其斷句，不外是進賢納士，約身自持，孝行純篤云云。《後漢書》本傳，說桓帝得立，定策有功，所進又多海內名士。看來碑文與史傳，兩相符合，曹騰果真是個好太監了。然以太監而參與定策，其政權之敗壞可知；以名士而走太監的門路，則其賢佞可知；況後漢黨錮之禍，正成之於桓帝時代，則碑文史傳俱不可信也。至於曹騰究竟如何？卻不難知道：陳琳為袁紹〈討曹操檄文〉云：「司空曹操，祖父騰，故中常侍，與左悺徐璜，並作妖孽，饕餮放橫，傷化虐人。」這檄文很普遍，許多通行的選本裡就有。後來陳琳投降了曹操，曹操還不能釋然於懷，說道：「卿昔為本初移書，但可罪狀孤而已，惡惡止其身，何乃上及祖父耶？」（見《魏志・陳琳傳》）這意思就是說，身作身當，不必連祖宗三代都翻了出來。《隸釋》作者洪适，對此殘碑，竟發了一通感慨，說：「嗚呼，東漢之亡也以閹官，雖小人道長，作福作威，履霜堅冰，勢之必然者，蓋上失其道也。……騰用事省闥，三十餘年，其養子嵩，至於竊位臺輔，至孫操遂問鼎矣。」

二是漢故幽州刺史朱君碑，碑文亦多缺失，其中有云：「永昌太守曹鸞上疏解黨，以不糾摘獲戾，胥靡。」證以《後漢書・黨錮列傳敘》云：「熹平五年，永昌太守曹鸞上書，大訟黨人，言甚方切；帝省奏大怒，即詔司隸益州檻車收鸞，送槐里獄掠殺之。於是又詔州郡，更考黨人，門生故吏，父子兄弟，其在位者，免官禁錮，爰及五屬。」據此看來，碑文史傳，正相符合，且史傳所記較具體而陰森，是歷史上的記載亦不失其真實也。

這裡得交代出來：此兩碑俱在安徽亳縣，不特同與曹府有關，並且又同屬於桓靈之際，所不同者，又未免太大了：即一係施威者，一係被禍者；一要「惡惡止其身」不必上及，一則「免官禁錮，爰及五屬」；其差異如何算小。然無太監專權，則無黨錮之禍；既有黨錮之禍，則有覆亡之日；這議論又蹈於扢搭題的魔障了，還是算了罷！

編按：本文第二節曾以〈瞻烏爰止，于誰之屋〉發表，第三節曾以〈跋後漢兩碑文〉發表。

《古小說鉤沉》解題

魯迅先生之《古小說鉤沉》，僅有一總序，民國元年假其二弟作人之名，載於《越社叢刊》。全書合魏晉江左作者，得三十六種，雖墜簡叢殘，難復舊觀，然治小說史者，欲考古說，舍此莫由。顧先生生前，未及一一敘其源流，讀者殆莫窺其端緒；茲檢舊觀，略為解說，其無可考者，仍付闕如，至輯錄之勤，校完之精，則非淺學所能知也。

三十六年十二月廿八日記於龍坡里寄寓

一、青史子

《青史子》者，《漢書・藝文志》著錄五十七篇，云「古史官記事也」；《隋志》小說家著錄：梁有《青史子》一卷，亡。《文心雕龍・諸子篇》云「青史曲綴於街談」，是劉彥和猶及見之；而《史通》云「青史曲綴於街談」者，蓋據彥和所云，劉知幾未必見之也。《通史・氏族略》第四引《吳賢傳》：「晉太史董狐之子，受封青史之田，因氏焉。」梁玉繩《古今人表考》卷三曰：「史有內外大小之別，而無南北之稱。」《左傳序・正義》云：「南史，佐大史者，當是小史，其居在南，謂之南史，此說欠妥。東西南北，人各有居，何獨此史以居南為號。竊疑古史官之職，四時分掌之，故有青史氏，青史主春，南史主夏。《通志略》言受封青史之田非也。」余李豫先生「小說家出於稗官說」，頗主梁氏之言。如云：「愚按《漢書・魏相傳》云：中謁者趙堯舉春，李舜舉夏，兒湯舉秋，貢禹舉冬。注，服虔曰：主一時衣服禮物廟祭百事也。是古者固有以一官而分主四時者矣，梁氏之說，殊為近理。崔杼之難，齊太史盡死，南史氏始執簡以往，則南史自是小史，青史氏當亦如之。《周禮・春官小史》：凡國事之用禮法者，掌其小事也。」據此，以青史所記者小，因以叢殘小語視之，於是流為小說家言矣。按本書舊有馬國翰《玉函山房》輯本，今輯出者，多風俗通所行者一事。

二、裴子語林

《隋志・小說家》著錄：「梁又有《語林》十卷，東晉處士裴啟撰，亡。」按《世說・輕詆篇》注引《續晉陽秋》曰：「晉隆和中，河東裴啟撰漢魏以來迄於今時言語應對之可稱者，謂之語林，時人多好其事，文遂流行。」顧以記謝安語不實，為安所詆，其書遂廢。後劉義慶作《世說》，復多採裴錄，是過江而後，掇拾清言，撰輯舊事，啟之語林，實開其端，故雖蒙妄詆，至梁猶存也。

三、郭子

《隋志・小說家》著錄《郭子》三卷，東晉中郎郭澄之撰，兩《唐志》著錄並三卷，賈泉注。澄之字仲靜，太原陽曲人，官至從事中郎，封南豐侯，事具《晉書・文苑傳》。賈泉係賈淵之誤，淵字希鏡，平陽襄陽人，宋孝武世見遇，勑淵注《郭子》，見《南齊書・文學傳》。馬竹吾輯《郭子》序，云未知何人許，蓋失考爾。

四、笑林

《隋志・小說家》著錄《笑林》三卷，後漢給事中邯鄲淳撰。淳一名竺，字子禮，穎川人，弱冠有異才，元嘉元年，上虞長度尚為曹娥立碑，淳者尚弟子，於席間作碑文，操筆而成，無所點定，遂知名；黃初二年為魏博士給事中，見《後漢書・曹娥傳》及《三國魏志・王粲傳》注。按唐《經籍志》及《藝文志》著錄並與《隋志》同，惟宋曾《能改齋漫錄》有《古笑林》十卷者。不見各書徵引，似即淳書，其卷數多出《隋志》者，蓋為後人所增益。又按《文心雕龍・諧隱篇》曰「至魏文因俳說以著笑書」，各志著錄未見魏文帝有笑書，此笑書者，應即《笑林》，然則淳蓋黃初年為博士時奉勑而撰是書也。《小說史略》云：「舉非違，顯紕繆，實世說之一體，亦後來誹諧文字之權輿也。」是書舊有玉函山房輯本，凡二十六條，今所輯多出《類聚雜說》、《續談助》、《紺珠集》者三事。

五、俗說

《隋志・雜家》著錄《俗說》三卷，沈約撰，梁五卷，《宋史・藝文志、小說家》著錄沈約《俗說》一卷，是《俗說》在宋已非完帙。按輯志小說家世說劉孝標注下云：「梁有俗說一卷，亡。」以知沈書之前，已有《俗說》之作，然則沈約或因前書之不存，乃掇拾六朝散事，而成此編，以續前書。按今《俗說》所記，雖如馬竹吾所云「瑣雜無甚高論」，然過江名士，清言妙緒，猶可考見，斯亦語林世說之類，故唐人為晉書間採摭以入正史也。

六、小說

《隋志・小說家》著錄，《小說》小卷，梁武帝勅安右長史殷芸撰，梁目三十卷，兩《唐志》並十卷，與《隋志》同。芸字灌蔬，倜儻不拘細行，然不妄交游門無雜客，勵精勤學，博洽群書，齊時為宜都王行參軍，天監中位祕書監司徒左長史，後直東宮學士省，大通三年卒，年五十九，事具《南史・殷鈞傳》及《梁書》本傳。劉知幾《史通・雜記篇》云：「劉敬叔《異苑》，稱晉武庫失火，漢高帝斬蛇劍穿屋而飛，其言不經，故梁武帝令殷芸編諸小說。」姚振宗《隋志考證》云：「按此殆是梁武作《通史》時，凡此不經之說，為《通史》所不取者，皆令殷芸別集為小說，是此小說因《通史》而作，猶《通史》之外乘也。」按是書皆裒錄秦漢以下群書雜事，以時代為次，特置秦漢晉宋諸帝之事於卷首，繼以周漢六國，止於南齊，今據宋晁載之《續談助》節抄本所知體例，大致如此。載之節本，仍為十卷，今輯本雖事多於節本，而未分卷者，以終非原書之舊故也。

七、水飾

《隋志・小說類》著錄《水飾》一卷，不著撰者；又《地理類》有《水飾圖》二十卷，亦無撰者。馬竹吾玉函山房輯本序，據《太平廣記》引《大業拾遺水飾圖經》，載煬帝別敕學士杜寶修《水飾圖經》十五卷新成，以三月上巳日令群臣於曲水以觀「水飾」，因並記「水飾」七十二勢之目，及妓航酒船水中安機等事，云皆出自黃袞之思。因以為《水飾》創自黃袞，《圖經》修於杜寶。馬氏此說，殊為可信。

八、列異傳

《隋志》著錄《列異傳》三卷，魏文帝撰。侯康《補三國藝文志》云：「裴注《三國志》凡兩引此書，〈華歆傳〉引一條，記歆自知當為公；〈蔣濟傳〉注引一條，記濟亡兒為泰山錄事，惟濟於齊王時始從領軍將軍之語，則非出自文帝。又《御覽》卷七百七引一條景初時事，卷八百八十四引一條甘露時事，皆在文帝後，豈後人又有增益耶？」姚振宗《隋志考證》云：「唐《經籍志・雜傳家》有《列異傳》三卷，張華撰，唐《藝文志・小說家》有張華《列異傳》一卷，意張華續文帝書而後人合一。《御覽》所引文帝後事當出張華；《初學記》果木部引魏文帝《列異傳》言袁本初時事，則實出文帝。」姚氏此說，蓋意在折中，而魯迅先生以為兩《唐志》皆云張華撰，亦別無佐證，殆後有悟其牴牾者，因改易之，說見《小說史略》。

九、古異傳

《宋史・藝文志》著錄並同《隋志》。惟《唐書・經籍傳》作《石異傳》袁仁壽撰；一本作《右異傳》袁生壽撰，按仁壽與生壽當為王壽之誤，石異或右異又為古異之誤。姚振宗《隋志考異》以為魏晉皆有石異之事，頗疑作石異近是。按就今所僅輯「得斲木，本是雷公採藥使化為鳥」一事觀之，與石異之事無與也。

十、甄異傳

《隋志・雜傳》著錄《甄異傳》三卷，晉西戎主簿戴祚撰，新舊《唐志》著錄同，新志入「小說家」。章宗源《隋志考證》云：「《隋志・地理類》有戴延之《西征記》二卷，又有戴祚《西征記》一卷，《唐志》惟有戴祚無延之。據封氏聞見記，言祚晉末從劉裕西征姚泓，《水經・洛水注》，言延之從武王西征，是祚與延之本一人，祚乃其名而以字行。」按是書所記，頗似《列異傳》，蓋仿之而作也。今輯得十七事，大都出自《廣記》及《御覽》，互校所得，頗有補正。

十一、述異記

《隋志・雜傳類》著錄《述異記》十卷，祖沖之撰。新舊《唐志》著錄同，新志入「小說家」。沖之字文遠，范陽薊陽人，少稽古，有機思，宋孝武使直華林學省，解褐南徐州從事公府參軍婁縣令謁者僕射，入齊轉長水校尉，永元二年卒，年七十二，事具《南齊書・文學傳》。按任昉亦有《述異記》，今輯出者，便有數事與任昉所記相同，顧昉記事簡略不如沖之所記為詳耳。

十二、靈鬼志

《隋志・雜傳類》著錄《靈鬼志》三卷，荀氏撰，《舊唐志》著錄同，《新唐志》入「小說家」，著錄二卷，一本作三卷。按《世說新語》注引，不書撰者，是撰者姓氏久佚，《隋志》以後所稱荀氏者，未必可信。章氏《隋志考證》云：「《世說》〈方正篇〉、〈容止篇〉、〈傷逝篇〉、〈忿狷篇〉注並引《靈鬼志》謠徵，似謠徵乃志中分篇。」據此可以知此書之體例焉。

十三、祖台之志怪

《隋志・雜傳類》著錄《志怪》二卷，祖台之撰。兩《唐志》著錄同，新志入「小說家」。台之字元辰，范陽人，官至光祿大夫，撰《志怪》行於世，見《晉書》七十五本傳。按是書為世說注及唐宋類書稱引者，尚存十事，文筆婉麗，蓋有意為小說，非若道釋兩家以之宣揚因果靈異者也。

十四、孔氏志怪

《隋志・雜傳類》著錄《志怪》四卷，《舊唐志》著錄無撰者，《新唐志》著錄並同《隋志》，入「小說家」。孔氏者，據《太平廣記》二百七十六晉明帝條引孔約《志怪》，約當是其名，然亦不詳其生平。《文苑英華》顧況〈戴氏廣異記序〉云有孔慎言神怪志者，應係另一人，與《志怪》作者之孔氏無與也。

十五、神錄

《隋志・雜傳類》著錄《神錄》五卷，梁劉之遴撰，兩《唐志》著錄同，《新唐志》入「小說家」。之遴字思貞，南陽涅陽人，起家寧朔主簿，歷南郡太守太府卿都官尚書太常卿。太清二年侯景亂，避難還鄉，未至，卒於夏口，年七十二。見《梁書》本傳。《隋志・別集類》著錄有前集十一卷，後集二十卷。

十六、齊諧記

《隋志・雜傳類》著錄《齊諧記》七卷，宋散騎侍郎東陽无疑撰，兩《唐志》著錄同，新志入「小說家」。據《隋志》僅知无疑官堦外，他不可考。其書以《莊子》齊諧志怪之語為名，故所記皆神異之事。梁吳均有《續齊諧記》一卷，意即續无疑此書，因知《齊諧記》一書之見重於江左而為文士所稱也。

十七、幽明錄

《隋志・雜傳》著錄《幽明錄》二十卷，劉義慶撰。兩《唐志》著錄三十卷，新志入「小說家」。義慶為宋長沙景王道憐次子，臨川烈王道規薨，無子，以義慶為嗣，永和元年襲封臨川王，見《宋書・宗室傳》。《幽明錄》外尚著有《世說》、《徐州先賢傳》、《宣驗記》，並見《隋志》，《世說》一書尤見稱於世。按《幽明錄》撰例，猶之《世說》，乃纂集舊文，以成書者。《宋書》本傳稱義慶才詞不多，而招聚文士，遠近必至，是諸書殆成於眾手也。唐初修《晉書》，多採之以入史，為劉知幾所譏，今輯本共得二百六十四事，是其殘存者，尚復不少。

十八、鬼神列傳

《隋志・雜傳類》著錄《鬼神列傳》一卷，謝氏撰，兩《唐志》並著錄二卷，新志入「小說家」。謝氏不知何許人，書亦不見唐宋人稱引，今僅於《御覽》中見其一事。

十九、志怪記

《隋志・雜傳類》著錄三卷，殖氏撰，他書未見著錄，今僅於《北堂書鈔》中輯出二事，是此書唐以後已不存；殖氏者亦不知何許人，又《書鈔》衣冠部引一事稱志怪錄，《御覽》人事部、禮儀部各引一事，並稱志怪集，六朝人喜為志怪言，當非一書，故未入輯本。

二十、集靈記

《隋志・雜傳類》著錄《集靈記》二十卷，顏之推撰。兩《唐志》著錄十卷，《新唐志》入「小說家」。之推字介，琅琊臨沂人，博覽群書，莫不該洽，為梁湘東主繹左常侍，繹自立，為散騎常侍，梁亡入齊，齊亡入周，至隋開皇中太子召為學士，尋以疾終，有文集三十卷《家訓》二十篇行世，事具《北齊書》本傳。按是書久佚，今《御覽》中存其一事，是宋初人僅及見之。之推尚著有《還冤志》三卷，《誡殺訓》一卷，《還冤志》今存，敦煌石室復發現其殘卷。按之推《家訓》以儒者中庸之學，見稱於後世，而〈歸心〉一篇則又篤信因果報應之說，蓋其時佛教方昌，雖儒士亦不免浴其風耳。

二十一、漢武故事

《隋志・舊事類》著錄二卷，未著撰者，兩《唐志》同。晉葛洪〈西京雜記序〉云：「洪家復有《漢武帝禁中起居注》一卷，《漢武故事》二卷，世人希有之者，今併五卷為一帙，庶免淪沒焉。」是《漢武故事》初出洪家，原為二卷也。宋晁公武《郡齋讀書志》著錄，亦為二卷；惟《崇文總目》及《宋史・藝文志》並分作五卷，已失其舊。是書初出無撰者，王堯臣校三館祕書為《崇文總目》，始著班固撰，故晁公武云「世言班固撰」，《通鑑考異》云：「漢武帝故事，語多誕妄，非班固書，蓋後人為之，託儉名耳。」公武又引唐柬之〈書洞冥記後〉云：「漢武故事，王儉造。」此說亦無佐證，蓋儉鈔有《古今集記》，或曾采故事入集記，後人因誤以為故事亦因儉所撰。柬之〈書洞冥記後〉又云：「昔葛洪造《漢武內傳》、《西京雜記》。」孫貽讓《扎迻》十一云：「疑《內傳》即《起居注》，《漢武故事》似即今所傳本，蓋諸書皆出稚川手，亦互相出入也。」稚川喜偽託，故孫氏有此疑。按《小說史略》云：「其中雖多神仙怪異之言，而頗不信方士，文亦簡雅，當是文人所為。」此魯迅先生寧可存疑，不願逕屬稚川，以內容與稚川不相屬故耳。若《漢武帝內傳》，論神仙服食五嶽真形圖等，與《抱朴子・內篇》頗相表裡，謂為稚川所作，猶近於理。又按《故事》今散見於唐宋類書者，尚復不少，輯本所得。共五十餘條，視明人吳琯收入《古今逸史》者，多至數倍。其尤妄者，雜糅諸條，居然成篇，讀者不知，或為完帙，明人刻書，以意為之，往往如此。

二十二、妬記

《隋志・雜傳類》著錄《妬記》二卷，虞通之撰，《唐書・藝文志》著錄同。通之，會稽餘姚人，善言易，官至步兵校尉，見《南史》文學〈丘源傳〉。《隋志》別集著錄有集十五卷（梁二十卷），《新唐志・雜家》有《善諫》二卷，又雜傳記有《后妃記》四卷，案宋后妃傳，孝武王皇后父偃，偃子藻，尚太祖第六女臨川長公主，公主性妬，而藻別愛左右人吳崇祖，主讒之於廢帝，藻坐下獄死，主與王氏離婚。宋氏諸主莫不嚴妬，太宗每疾之，湖熟令袁慆妻以妒忌賜死，使近臣虞通之撰《妬婦記》。（亦見《南史・王藻傳》）此《妬記》當即奉勅所撰之《妬婦記》也。袁本晁氏《讀書志》有《補妬婦記》一卷，云「古有《妬記》，久已亡之，不知何人輯傳記中婦人嚴妬事以補亡，自商周至唐初」，以見通之書散佚久矣。又案王績有《補妬記》八卷。

二十三、異聞記

《異聞志》不見史志：亦一知其卷數，始見《抱朴子・內篇》，云太丘長、潁川陳仲弓撰，仲弓名實，以德行重於後漢末季，會遭黨事，禁錮二十年，後《漢書》本傳及蔡邕碑文，均未言有《異聞記》。《小說史略》云：「陳實此記，史志既所不載，其事又甚類方士常談，疑亦假託；葛洪雖去漢未遠，而溺於神仙，故其言亦不足據。」今傳輯除《抱朴子》中一事外。僅唐段公路《北戶錄》中尚存一事，侯康《補後漢書藝文志》云：「隋唐志無此書，唐時未必存，段公路《北戶錄》，或從他處轉引。」是此書之亡久矣。

二十四、玄中記

《玄中記》史志所不載，更不知其卷數與撰者。今撰出七十餘事，其中多襲《山海經》之怪異，間及海外之珍奇，頗似鈔集他書而成者。羅泌《路史》注以此中有狗封氏事與《山海經》注同，以為郭璞所撰，單文孤證，不足信也。

二十五、異林

《異林》史志未載，亦不知其卷數。今僅存一事。始見《魏志・鍾繇傳》注，《御覽》曾兩引之，不見《御覽》引他事，是《御覽》即轉引自鍾傳注也。又隋唐志既不著錄，是唐宋時其書已不存。此事末云：「叔父清河太守說如此。」裴松之云：「清河陸雲也。」是作者乃雲之從子；按《晉書・陸機傳》，二子蔚夏，此書作者為夏，不可知矣。

二十六、曹毗志怪

曹毗晉人，字輔佐，譙國人，少好文籍，善屬詞賦，歷官至光祿勳，所著《文筆》十五卷行世，事具《晉書・文苑》本傳。傳未言其有志怪之作。其書亦不見史志，是散佚已久。今僅存《初學記》及《草堂詩記箋》並引者一事，為漢武鑿昆明池，於深地得灰墨，以問東方朔；朔云不足以知，可問西域胡人，至後漢明帝時，有外國道人云，天地大劫將盡，則劫燒，此劫燒之餘云。按《觀佛三昧經》云：「天地始終，謂之一劫，劫盡壞時，火劫將起。」此西域劫燒之說，亦小說家言敷衍以成故事者也。

二十七、集異記

郭季產《集異記》，不見史志，已不可考。今輯得十一事，並出自《御覽》或《廣記》，是此書宋初猶存也。按以《集異記》名書者三，一為唐長慶光州刺史薛用弱撰，見《唐書・藝文志》；一為唐比部郎中陸勳撰，見《文獻通考》；一即郭季產撰。

二十八、神異記

《神異記》者，晉道士王浮撰，浮在當時，有淺妄之稱，惠帝時與帛遠抗論屢屈，遂改換西域記造老子明威化胡經事，見唐釋法琳《辯正論》。《小說史略》云：「佛教既漸流播，經論日多，雜說亦日出，聞者雖或悟無常而歸依，然亦或怖無常而卻走。此之反動，則有方士亦自造偽經，多作異記，以長生久視之道，網羅天下之逃苦空者，今所存漢小說，除一二文人著述外，其餘蓋皆是矣。」於此可見方士偽造經記之用心，此王道士於《化胡經》之外，又有《神異記》之作也。

二十九、錄異傳

《錄異傳》不見史志著錄，撰者及其書之卷數，均無可考。按《晉書・葛洪傳》，云洪有《集異傳》十卷，以無佐證，不能定其為一書。又是書故事，多為唐宋類書所稱引，其散失不存，當在宋以後也。

三十、宣驗記

《隋志・雜傳》著錄《宣驗記》三十卷，劉義慶撰。按義慶是書，宣經象之靈異，明佛法之無盡，與《幽明》一錄，實相表裡。凡諸所記，固當時佛子所傳聞，亦間採天竺之故事，若飛雉鼓濯以投火，巨蟒脫化於吳末，此皆輾轉西來，移植中土者。至若王襲之程道慧兩事，則黜老莊，崇佛力，道釋消長之機，於焉可見，蓋雖屬小言，實宏大法。故所輯出者，多自法琳之《辯正論》，是又賴佛子據拾存其殘簡矣。

三十一、冥祥記

《隋志・雜傳類》著錄《冥祥記》十卷，王琰撰，兩《唐志》著錄同，新志入「小說家」。琰者，慧琳〈高僧傳序〉稱為太原王氏。殆與王僧虔同時，虔有為琰乞郡啟云：「太子舍人王琰，在職三載，家貧仰希江郢所統小郡。」琰之門第官堦所知者僅此。琰之為《冥祥記》，據其自序云，幼在交阯，受五戒，於宋大明及建元年，兩感金像之異，因作記，撰集像事，繼以金塔，凡十卷，謂之冥記。據此，琰乃佛教之優婆塞也。今輯出百三十一事。得自《法苑珠林》者百二十餘事，以所記皆因果靈異，故《珠林》據摭特多爾。

編後記

陳子善

廿五年前，聯經出版公司在臺灣出版了秦賢次先生與我合編的《我與老舍與酒：臺靜農文集》。此書曾經重印，可見受到了臺灣讀者的歡迎。廿五年後的今天，聯經出版公司又重新出版此書的修訂增補版，並改書名為更確切的《靜農佚文集》，做為編者之一的我，當然感到由衷的高興。

《靜農佚文集》初版時，我在〈編後記〉中說：

六年前，臺灣《聯合文學》雜誌在出版「臺靜農專卷」時，稱許臺靜農先生是中國「新文學的燃燈人」，這句話說得形象、生動，也很恰切。回顧「五四」以來的中國新文壇，臺先生不但是二十年代鄉土文學的重要代表，為魯迅所賞識，與王魯彥、許欽文等齊名，而且三十年代以降，臺先生在散文小品和學術論著的撰述上也頗多建樹，卓然一家。

但是，臺先生的前期作品，除了《地之子》、《建塔者》兩本短篇小說集之外，大部分未能結集。這是臺先生留給後來者的一筆寶貴的文學遺產，自有其審美或史料的價值，如果任其湮沒，未免可惜。基於這種認識，我和秦賢次先生隔海合作，鉤沉索隱，銳意窮搜，費時三載，終於編成這本臺先生的佚文集。遺憾的是，臺先生本人已不及親見了。

臺靜農先生是二十世紀中國最具代表性的鄉土小說作家之一，他的散文和學術論著同樣也是獨樹一幟，影響深遠，這是我對臺先生文學和學術成就的基本看法，至今沒有改變。正是從這個觀點出發，我當年與秦先生合作編選了這部臺先生佚文集，也正是從這個觀點出發，今天重印這部臺先生佚文集，竊以為具有更全面更充分地為臺先生在二十世紀中國文學和學術史上定位的重要意義。

重印臺先生這部佚文集，有兩點應向讀者說明：

一、佚文集增補了新發現的臺先生兩篇集外文。一篇是〈一九三〇年試筆〉，發表於一九三〇年三月二十日北平《新晨報》副刊，這是我的好友趙國忠先生在查閱一九三〇年代初舊報刊時偶然發現提供給我的。已知臺先生在一九三〇年只發表了兩首新詩，這篇隨筆的重見天日，正可填補他這一年創作的空白。另一篇是我在一九四八年十月上海《青年界》新六卷第二期上找到的短文〈許壽裳先生〉。許壽裳先生當年在臺北遇害，是中國文化界的一個不幸事件，臺先生在這篇短文之前已寫了充滿深情的悼念文字〈追思〉，分別在臺北和上海兩地發表，沒想到他還寫了這篇〈許壽裳先生〉，足見他對許先生遇害之痛心疾首。

二、佚文集這次重印，仍分為小說、散文、序跋、劇本和論文五輯，每輯文章按發表時間先後編排。全書採用了舒適易讀的新版式。更有必要指出的是，所有文章均重新作了校訂，糾正了初版的錯訛字，引用文字也據原典作了仔細校勘，從而使全書的訛誤降至最低。

廿五年前編集此書時，曾向支援和幫助我們工作的臺先生生前好友舒蕪先生，以及盧瑋鑾、嚴恩圖、陳元勝和張偉先生致謝。光陰似箭，現在舒蕪先生也已謝世了。謹此再向盧、嚴、陳、張四位和國忠先生謝過。

毫無疑問，最後應向劉國瑞先生合十致謝！他一直十分關心臺先生作品的搜集整理，佚文集的重印，有賴於他的熱情倡議。同時，也應感謝林載爵先生、胡金倫先生和責任編輯陳逸華先生。逸華先生是愛書人，喜歡臺先生的作品，《靜農佚文集》的重印是我們一次成功的合作。

二〇一七年六月十五日于海上梅川書舍

跋

秦賢次

臺靜農先生是編者非常景仰心怡的前輩作家學人，在他生前曾有三次機會拜訪過他老先生。第一次拜訪他，是在一九八八年七月十四日的午後，我託臺老高足，也是我的好友吳宏一兄帶領前往。我知臺老喜歡喝酒，因此遵宏一兄吩咐，特地買一瓶軒尼斯XO級洋酒做為伴手禮，也遵囑不談有關魯迅事。這次拜訪的目的，係與上海好友陳子善兄約定合編一部除《地之子》級《建塔者》兩本小說集以及論文外，臺老在一九四八年以前所寫的作品集，因此特地前往拜訪，終取得臺老的欣然同意。拜訪中，我訪談的重點集中在他的生平。訪談後我也敬請臺老在我的藏書，即他自己編輯的北新初版本《關於魯迅及其著作》上簽名留念。

第二次拜訪，則係應北京陳漱渝兄要求，他趁來臺探親中，已自己去拜訪過三次，這次他邀我同去，我又找也是他的高足王國良兄帶隊，以避免冷場，時間係翌年的九月二十四日，因拍有多幀合照，故清楚記得。

第三次拜訪他老人家，係再隔一年（一九九〇年）的六月十日，因為本人將於八月間去北京後順道去天津訪問李霽野先生。夙知霽野先生晚年念茲在茲的就是他在臺的摯友臺老，因此我特地請問臺老要幫他帶什麼給霽野先生。除了託帶東西外，臺老請我告訴霽野先生，他得了食道癌，因為說話沙啞，無法再用電話聯繫了云云。

我與子善兄合編的《我與老舍與酒：臺靜農文集》一書，遲至臺老逝後的一九九二年六月，始由聯經出版公司印出。本書未及讓臺老在生前過目，實是我們最大的遺憾。

最後，藉此增訂再版，並更名為《靜農佚文集》的機會，我要特別謝謝吳興文兄，因為他的熱心關照，本書才能順利地出版。

附錄

臺靜農先生前期創作目錄（一九二二—一九四八）

陳子善
秦賢次 合編

作品	發表日期（民國紀年）	發表地區	發表刊物
寶刀（新詩）	一一、一、二三	上海	民國日報・覺悟
寄墓中的思永（新詩）	一三、四、一	北京	晨報・文學旬刊
負傷的鳥（小說）	一三、七、二五	上海	東方雜誌半月刊二一卷一四期（署名：青曲）
途中（小說）	一三、八、一〇	上海	小說月報一五卷八期
山歌原始之傳說	一四、一、一九	北京	語絲週刊一〇期
淮南民歌第一輯（一）	一四、四、五	北京	歌謠週刊八五期
淮南民歌第一輯（二）	一四、四、一九	北京	歌謠週刊八七期
淮南民歌第一輯（三）	一四、四、二六	北京	歌謠週刊八八期

死者（小說）	一四、五、八	北京	京報・莽原週刊三期
淮南民歌第一輯（四）	一四、五、一七	北京	歌謠週刊九一期
淮南民歌第一輯（五）	一四、五、二四	北京	歌謠週刊九二期
壓迫同性之卑劣手段（散文）	一四、五、二四	北京	京報副刊一五八期
鐵柵之外（散文）	一四、六、二三	北京	京報・莽原週刊一〇期
致《淮南民歌》的讀者（論文）	一四、六、二八	北京	歌謠週刊九七期
懊悔（小說）	一四、八、二四	北京	語絲週刊四一期
記——（散文）	一四、一〇、一六	北京	京報・莽原週刊二六期（署名：青曲）
去年今日之回憶（散文）	一四、一一、三	北京	民眾四四期
奠六弟（散文）	一五、二、二五	北京	莽原半月刊四期
夢的記言（外三章）（散文）	一五、三、一〇	北京	莽原半月刊五期
人獸觀（散文）	一五、四、一〇 四、一五	北京	國民新報副刊乙種四九、五一期
《關於魯迅及其著作》序言	一五、七	上海	《關於魯迅及其著作》，未名社出版處初版

天二哥（小說）	一五、九、二五	北京	莽原半月刊一八期
病中漫語（散文）	一五、一〇、一〇	北京	莽原半月刊二〇期
紅燈（小說）	一六、一、一〇	北京	莽原半月刊二卷一期
因為我是愛你（新詩）	一六、一、二五	北京	莽原半月刊二卷二期
請你（新詩）	一六、一、二五	北京	莽原半月刊二卷二期
淮南情歌三輯	一六、一	北京	北京大學研究所國學門月一卷四期
新墳（小說）	一六、二、一〇	北京	莽原半月刊二卷三期
燭焰（小說）	一六、二、二五	北京	莽原半月刊二卷四期
棄嬰（小說）	一六、三、二五	北京	莽原半月刊二卷六期
苦杯（小說）	一六、四、一〇	北京	莽原半月刊二卷七期
兒子（小說）	一六、五、二五	北京	莽原半月刊二卷九期
拜堂（小說）	一六、六、一〇	北京	莽原半月刊二卷一〇期
宋初詞人（論文）	一六、六	上海	小說月報第一七卷號外（上）
吳老爹（小說）	一六、七、二五	北京	莽原半月刊二卷一四期
為彼祈求（小說）	一六、八、二五	北京	莽原半月刊二卷一六期
蚯蚓們（小說）	一六、一〇、二五	北京	莽原半月刊二卷二〇期

負傷者（小說）	一六、一二、二五	北京	莽原半月刊二卷二三～二四期合刊
我的鄰居（小說）	一七、一一	北京	《地之子》，未名社出版處初版
白薔薇（小說）	一七、一一	北平	《地之子》，同上
建塔者（小說）	一七、一、一〇	北平	未名半月刊一卷一期
昨夜（小說）	一七、二、一〇	北平	未名半月刊一卷三期
春夜的幽靈（小說）	一七、二、二五	北平	未名半月刊一卷四期
人彘（小說）	一七、三、一〇	北平	未名半月刊一卷五期（署名：青曲）
獄中見落花（新詩）	一八、三、一〇	北平	未名半月刊二卷五期
一九三〇年試筆（散文）	一九、三、二〇	北平	《新晨報》副刊
獄中草（新詩）	一八、三、二五	北平	未名半月刊二卷六期
死室的慧星（小說）	一九、八	北平	《建塔者》，未名社出版處初版
歷史的病輪（小說）	一九、八	北平	《建塔者》，同上
遺簡（小說）	一九、八	北平	《建塔者》，同上
鐵窗外（小說）	一九、八	北平	《建塔者》，同上
被饑餓燃燒的人們（小說）	一九、八	北平	《建塔者》，同上

井（小說）	一九、八	北平	《建塔者》，同上
從「杵歌」說到歌謠的起源	二五、九、一九	北平	歌謠週刊二卷二六期
《擇偶的藝術》序	二五、一〇	上海	《擇偶的藝術》，北新書局初版
魯迅先生的一生（論文）	二七、一〇、二九	重慶	抗戰文藝週刊一卷八期
記張大千（散文）	二七、一一、二五	重慶	時事新報・青光
大時代的小故事（小說）	二七、一二、一八	重慶	文摘戰時旬刊第三九期
談「倭寇底直系子孫」（散文）	二八、一、二一	重慶	抗戰文藝週刊三卷五～六期合刊
國際的戰友（散文）	二八、一、二八	重慶	抗戰文藝週刊三卷七期
被侵蝕者（小說）	二八、二、五	重慶	全民抗戰五日刊五二期
電報（小說）	二八、二、二一	重慶	文摘戰時旬刊第四四～四五期
么武（小說）	二八、四、二五	重慶	抗戰文藝半月刊四卷二期
「士大夫好為人奴」（散文）	二八、八、二五	上海	上海現實半月刊第三冊
魯迅眼中的汪精衛（散文）	二八、一〇、一	重慶	中蘇文化月刊四卷三期（署名：聞超）
魯迅先生整理中國古文學之成績（論文）	二八、一一、一五	重慶	理論與現實季刊一卷三期（署名：孔嘉）

填平恥辱的創傷（散文）	二九、一、二九	香港	星島日報・星座副刊四八九號
「歷史之重演」（散文）	二九、三、十一	重慶	新蜀報・蜀道副刊第六八期（署名：聞超）
秀才（散文）	二九、三、十三	重慶	新蜀報・蜀道副刊第七〇期（署名：釋耒）
出版老爺（劇本）	二九、五、二四	重慶	新蜀報・蜀道副刊第一二八期（署名：孔嘉）
關於販賣生口（散文）	二九、五、二八	重慶	新蜀報・蜀道副刊第一三一期（署名：孔嘉）
關於買賣婦女（散文）	二九、五、二九	重慶	新蜀報・蜀道副刊第一三二期（署名：孔嘉）
跋後漢兩碑文（論文）	二九、一〇、二八	重慶	新蜀報・蜀道副刊第二六七期（署名：孔嘉）。後擴充為論文〈錮黨史話〉。
〈記錢牧齋遺事〉（論文）	二九、一〇	重慶	七月月刊五卷四期（署名：孔嘉）
瞻烏爰止，于誰之屋（散文）	二九、一一、二二	重慶	新蜀報・蜀道副刊第二八九期（署名：釋耒）。後擴充為論文〈錮黨史話〉。

讀《日知錄校記》（論文）	三〇、三、二〇	重慶	抗戰文藝月刊七卷二、三期合刊（署名：孔嘉）
讀知堂老人的《瓜豆集》（散文）	三一、四、五	重慶	文壇半月刊第二期（署名：孔嘉）
老人的胡鬧（散文）	三一、六、一五	重慶	抗戰文藝月刊七卷六期（署名：孔嘉）
關於《西遊記》江流僧本事（論文）	三〇、六、一六	重慶	文史雜誌一卷六期
南宋小報（論文）	三二、九、三〇	重慶	東方雜誌半月刊三九卷一四期
我與老舍與酒（散文）	三三、九	重慶	抗戰文藝月刊九卷三、四期合刊
南宋人體犧牲祭（論文）	三四	江津	國立女子師範學院學術集刊第一期
錮黨史話（論文）	三五、一〇、一八	上海	希望月刊二卷四期（署名：釋耒），本文第二節曾以〈瞻烏爰止，于誰之屋〉發表，第三節曾以〈跋後漢兩碑文〉發表。
屈原天問篇體製別解（論文）	三六、九、一	臺北	台灣文化月刊二卷六期
談酒（散文）	三六、一一、一	臺北	台灣文化月刊二卷八期
古小說鉤沉解題（論文）	三七、一、一	臺北	台灣文化月刊三卷一期

從「杵歌」說到歌謠的起源（論文）	三七、四、一	臺北	創作月刊一卷一期
追思（散文）	三七、五、一	臺北	台灣文化月刊三卷四期
	又：三七、五	上海	中國作家月刊一卷三期
許壽裳先生（散文）	三七、一〇	上海	青年界月刊新六卷二期「人物素描特輯（二）」

（原載一九九〇年十一月十日臺北《中國時報・人間》，收入本書前增訂）

當代名家

靜農佚文集

2018年3月初版　　定價：新臺幣350元

著　者	臺　靜　農
主　編	陳　子　善
	秦　賢　次
編輯主任	陳　逸　華
校　對	施　亞　蒨
封面設計	兒　　日

出版者	聯經出版事業股份有限公司
地址	新北市汐止區大同路一段369號1樓
編輯部地址	新北市汐止區大同路一段369號1樓
叢書主編電話	(02) 86925588轉5305
台北聯經書房	台北市新生南路三段94號
電話	(02) 23620308
台中分公司	台中市北區崇德路一段198號
暨門市電話	(04) 22312023
台中電子信箱	e-mail：linking2@ms42.hinet.net
郵政劃撥	帳戶第0100559-3號
郵撥電話	(02) 23620308
印刷者	文聯彩色製版有限公司
總經銷	聯合發行股份有限公司
發行所	新北市新店區寶橋路235巷6弄6號2樓
電話	(02) 29178022

總編輯	胡　金　倫
總經理	陳　芝　宇
社　長	羅　國　俊
發行人	林　載　爵

行政院新聞局出版事業登記證局版臺業字第0130號

本書如有缺頁，破損，倒裝請寄回台北聯經書房更換。　ISBN 978-957-08-5085-7 (平裝)
聯經網址：www.linkingbooks.com.tw
電子信箱：linking@udngroup.com

國家圖書館出版品預行編目資料

靜農佚文集/臺靜農著．陳子善、秦賢次主編．初版．
新北市．聯經．2018年3月（民107年）．296面．14.8×21
公分（當代名家）

ISBN 978-957-08-5085-7（平裝）

848.6　　107001661